Bernard Augendre

Juste à côté du monde

Edilivre

Photo de couverture : Carole Boudet

A l'étroit dans la prison de ma cervelle, je cherche chaque jour à briser le verre de cette fenêtre au travers de laquelle j'aperçois le paradis palpitant, la claire Réalité.

Qui que vous soyez,
Quoi que vous pensiez,
Vous êtes là,
Tout comme moi,
Toujours,
Juste à côté du monde…

Pour toi, Pimpette, chère Aglaé, en souvenir d'une improbable rencontre littéraire, spirituelle, voici ce livre, fruit de mes balades en ces univers invisibles, mais quand même bien réels, tout juste à côté de notre triste monde matériel.

Bernard

Quelques pas hors de l'ombre, vers l'impalpable lumière, l'indiscernable ailleurs, quelques songes entrouverts, un œil qui se glisse derrière les voiles de l'inconscience...

De ces voyages sur les vagues des mots, j'ai rapporté quelques visions imaginaires ou peut-être... réelles.

Quoi de plus nécessaire maintenant que de vous les faire partager en ces quelques histoires.

Bernard

À propos de Point Kilométrique 66

Depuis mon enfance, un autre monde hantait mon esprit.

Quand mon frère Jean-Louis est mort d'une mauvaise chute au travail, j'avais quinze ans.

Après cet effroyable évènement, des rêves troublants où il m'apparaissait bien vivant dans des situations jamais vécues ensemble ont alors éclairé quelques unes de mes nuits. Bien entendu, j'attribuai cela à la douleur, au chagrin de sa perte irrémédiable, ouvrant les portes d'une part plus sombre de mon univers intérieur.

Dès ce jour, j'abandonnai la foi en cette religion chrétienne que l'on m'avait imposée durant mon enfance, ces heures de catéchisme, de prières ânonnées dans le froid de ma vieille église, et sans que je n'en perçoive jamais véritablement de sens. Pour moi, dès lors, Dieu n'existait plus, ou alors nullement en ce lieu sinistre et en ces pages d'un livre sacré aux histoires trop lointaines dans le temps et l'espace pour que je puisse m'y reconnaitre.

Par la suite, je lus le livre de Raymond Moody : « La vie après la vie », qui traitait de témoignages de

N.D.E, les expériences de mort imminente. Ce fut pour moi comme une révélation et je crus de nouveau à cet autre monde de mon enfance.

Mais bien sûr, mes belles pensées sur cet au-delà n'étaient liées à aucune réelle expérience personnelle et je ne pouvais toujours pas les étayer de preuves, leur accordant une quelconque vérité. Une part de ma conscience me rappelait sans cesse que tout cela n'était peut-être que le naïf amalgame de mes lectures et du fruit de mon imagination, que cette « surréalité » que j'envisageais n'était rien de plus qu'une croyance.

Des années plus tard, je devins conducteur de train. Et étrangement, c'est là, dans ce milieu très technique, si terre à terre, métallique, qu'un premier signe me fut donné, mon premier pas authentique vers l'autre monde.

C'est ce que je veux relater en cette première nouvelle.

Point Kilométrique 66

Heureusement que la nuit est douce. Le printemps arrive en catimini et on peut deviner un vol de grues qui trompettent haut dans le ciel noir tout piqué d'étoiles. Sans la faible luminosité de sa lampe, Claude serait dans l'obscurité totale. Le floc-floc des hydrocarbures dans les wagons citernes tout juste immobilisés lui rappelle la présence du train, chuchotements liquides se mêlant à ceux plus clairs d'un ruisseau qui s'écoule non loin dans un pré en contrebas. Seuls les sons lui permettent de cerner la réalité.

Quelques minutes plus tôt, en pleine traction, un relais de protection détectait une anomalie, coupait l'alimentation en gas-oil du moteur diesel qui stoppait aussitôt. Une odeur caractéristique ajoutée à l'allumage de pictogrammes rouges au boitier « luminex » du pupitre de conduite orientait le diagnostic de Claude et lui ordonnait l'arrêt immédiat du train. Dès l'immobilisation du convoi, en ouvrant la porte du compartiment moteur d'où provenaient les irritantes émanations, un constat rapide de l'avarie fut fait. De l'huile noire dégoulinait sur les parois. C'était spectaculaire mais comme aucune fumée ne laissait entrevoir un risque d'incendie, il n'y avait alors pas de raison de se précipiter davantage. Et avant de s'occuper plus sérieusement de l'incident, Claude jugeait pour l'heure qu'il avait une priorité plus urgente : descendre sur la piste pour satisfaire un besoin naturel.

La lampe de Claude est posée sur le marchepied d'accès à la cabine et son faisceau lui fait observer toute l'étendue du problème. Une mare noire souille le ballast sous la locomotive. Le diesel se vide de son huile. Il sait maintenant qu'il ne repartira pas.

Dès son retour à bord, par la radio sol-train, il avise le régulateur.

– Oui, un arrêt moteur… Je n'ai pas pu atteindre la gare d'Avord… Je me situe au point kilométrique 250,2… J'ai constaté une rupture de canalisation importante sur le circuit d'huile et le dépannage est impossible… Je te fais une demande de secours… A toi…

– Ok… Conducteur du 57421, bien reçu, dépannage impossible, tu fais une demande de secours… Je te préviens, je n'ai personne sous la main dans l'immédiat, ça risque d'être long…

– Compris, Régulateur, je vais être patient, je n'ai pas le choix… Allons-y, je te dicte ma demande de secours… « Conducteur du train 57421 arrêté au kilomètre… »

0h45. Seulement quinze minutes se sont écoulées depuis l'arrêt, la nuit promet de n'en plus finir. Claude remonte le col de sa veste pour se garder un peu de la fraîcheur de la nuit. Il essaie de s'installer plus confortablement sur ce maudit siège qui lui casse le dos, sur ces locomotives diesel des années soixante le confort étant plutôt spartiate, et il ferme les yeux pour peut-être trouver un peu le sommeil. Difficile quand on s'est bien reposé la journée pour passer sans coup de barre cette nuit de travail, quand le cerveau tourne à plein régime. Il laisse aller ses pensées, bien loin dans son passé de conducteur, dans ses souvenirs de ce métier à part où tout peut arriver.

*

* *

Le gris n'a que trop duré, il envahit tout, il absorbe tout. Comment Colette peut-elle encore faire face ? Certains jours la douleur lui pétrit le ventre, sa respiration en est comme bloquée. Qui peut l'aider, qui peut encore lui parler sans la critiquer systématiquement, sans finir par lui dire de se remuer ? « Prends sur toi, ressaisis-toi ma vieille, fais un effort ! » Parfois, elle se pense menteuse, paresseuse, mauvaise. Peut-être la croit-on manipulatrice, cherchant toujours à attirer l'attention, profitant de la pitié d'autrui ? Une fausse dépressive en quelque sorte, imaginaire. Peut-être ont-ils tous raison ? Une névrose est un mal si perfide aux symptômes déconcertants, aux racines bien souvent indiscernables.

Seul son mari semblait la comprendre et l'écoutait. Mais il y a si longtemps qu'il est parti maintenant qu'elle n'est plus sûre de rien et pas davantage certaine des sentiments qu'elle aimait lui prêter. Car elle suppose tout inventer, le mépris, l'indifférence, l'amitié, l'amour, tout lui semble affabulations de son esprit malade. La mort de son compagnon est venue comme confirmer ses impressions. On ne divorce pas dans cette famille, et surtout à cet âge. On reste uni pour le pire jusqu'à la fin. Et si par malheur elle n'arrive pas assez vite, on force un peu le destin, on devient alcoolique, on passe des journées entières à la pêche par les temps les plus humides et glacials… On traîne trop près des voies ferrées.

Bien sûr que c'était un accident, bien sûr que jamais il n'avait voulu en finir. Mais comment peut-elle en être convaincue aujourd'hui, après toutes ces années et cette douleur tenace, ce gris qui salit tout, comme une poudre opaque altérant les souvenirs les plus doux ?

*

*   *

Tout peut arriver sur les rails. Personne n'en parle au tout début et le sujet est survolé durant la formation. Mais Claude a appris très vite. Les trains de céréales sèment derrière eux des milliers de graines très attirantes pour des centaines de volatiles. Il se souvient avoir été très impressionné quand pour la première fois il pénétra à vitesse élevée ce genre de nuage vivant. La locomotive en était ressortie criblée d'impacts sanguinolents d'oiseaux morts.

Toutes sortes de bêtes se font tuer, sauvages ou domestiques. Il a encore en tête l'image de ce malheureux chien qui se fait culbuter sans qu'il s'en aperçoive, tout occupé qu'il est à dévorer un de ses semblables écrasé par un autre train quelques minutes plus tôt. Massacre animalier qu'on banalise très vite.

Mais arrive aussi ce que les textes réglementaires du métier appellent bien délicatement « des accidents de personnes ». Quand meurent des gens.

Une voiture qui cale sur un passage à niveau qui se ferme ; en général son conducteur essaie de redémarrer sans penser une seule minute que c'est le train qui a déclenché automatiquement la fermeture des barrières et qu'il fonce sur lui à trop grande vitesse pour pouvoir stopper. Dans le pire des cas, quinze secondes plus tard, n'ayant pas eu la présence d'esprit d'évacuer, l'automobiliste est mort, écrasé. Il ne sauve rien, ni sa rutilante bagnole, ni femme, ni enfants, ni amis, ni sa propre vie. Rien…

Accidents que les collègues de Claude se décrivent lors des repos dans les foyers, devant la « gamelle » ou le café, retours d'expérience naturels, et bien avant l'heure. Du « taupier » *(à la SNCF, agent de l'équipement qui travaille sur les voies)* pourtant soumis à des règles de sécurité précises dont la vigilance s'est assoupie quelques instants, de ces gens qui s'évitent un détour en traversant les voies aux endroits les plus dangereux, de l'adolescent en scooter qui slalome les demi-barrières d'un passage à niveau, de ce vieux monsieur qui ramasse méticuleusement les bûches éjectées de sa petite remorque par le cahot sur les rails au franchissement de ce croisement « inoffensif », et de cet autre garçon, l'esprit déjà bien loin du monde, qui le traverse un baladeur sur les oreilles. Toutes ces histoires relatées, à l'issue fatale, s'inscrivent dans la mémoire de tous, veulent exorciser l'horreur.

Et puis il y a les suicides, accidents de personnes volontaires, gestes de désespérés décidant que c'est ici qu'ils mettront un terme à leur enfer mais qui, du même coup, en toute inconscience, auront pour témoin les conducteurs des trains qui assisteront à cet ultime pied de nez à leur vie. Des scènes terribles qui hanteront longtemps après les nuits de ces acteurs irresponsables et impuissants.

*

*   *

Nimbée de sa jeunesse brûlante, Juliette se sent si belle. Elle attend son amour. Hier, elle l'a désiré si fort comme jamais avant ce jour. Oh oui, cela n'avait vraiment rien à voir avec ces amourettes d'adolescents qu'elle avait connues jusqu'alors. Hier, elle s'est laissée aller dans les bras d'un homme, un vrai.

Trop de regards insistants, de ses yeux profonds qui la déconnectent totalement de la réalité, et ses paroles dites à d'autres personnes mais qui ne veulent s'adresser qu'à elle, même si leur sens n'a pour elle aucun sens, ces mots qu'elle garde dans un petit écrin de son esprit, un enregistrement gravé comme un cœur et qu'elle se rejoue au creux de chaque nuit ; trop de semaines à rêver de lui. Elle voulait plus que tout déchirer ce voile de flou romantique et accéder enfin à cette passion merveilleuse. Vivre enfin l'amour avec lui.

Et alors, dira t-elle, si on l'interroge, si on la sermonne, tout est arrivé si vite, tout est si neuf, et alors ? Elle si jeune encore, avec une telle différence d'âge avec lui, et alors ? Le nouvel associé de son père, le numéro deux de l'entreprise, le charismatique chouchou de la famille. Même sa mère, éteinte depuis des années, a retrouvé un rien de soleil dans le regard. La pauvre femme, si elle savait. Mais elle ne saura jamais, car il est à elle, rien qu'à elle, et son secret d'amour sera bien gardé. Que peut-il y avoir de plus exquis, de plus fort, de plus envoûtant ?

Juliette attend. Elle attend son amant. Il lui a promis qu'ils se verraient ce soir. Il la tiendra dans ses bras. Il l'embrassera, la caressera, et de sa voix au timbre obsédant lui chuchotera des délicatesses à l'oreille. Ils retrouveront cette chambre d'hôtel où ils auraient encore tout leur temps. Elle le croira encore. Ils s'aimeront encore.

Elle l'attend.

*

* *

Claude s'est assoupi. Le bip de la radio l'a réveillé et une voix crachotée lui parle :

– Conducteur du 57421, tu écoutes le Régulateur, à toi… ?

Bien habitué à ces microcoupures de la conscience qui lui permettent de mieux lutter contre la fatigue, optimisant ainsi chaque instant d'attente, Claude se ressaisit très vite :

– Oui Régulateur, ici conducteur du 57421, je te reçois…

– Bon, je ne t'ai pas oublié. Un de tes collègues de la réserve de Vierzon vient tout juste de prendre son service. Le temps de préparer tout ça, il va t'acheminer une loc de remplacement d'ici une heure. Je te rappelle dès qu'il est en route. A toi…

– Ok, Régulateur, bien compris. C'est une bonne nouvelle. Je te remercie d'avoir fait si vite. Terminé.

Une heure. De Vierzon. Il échafaude mentalement le processus de dépannage. La locomotive de secours arrivera par l'arrière et son conducteur l'attellera au wagon de queue. Ils communiqueront par radio. Une fois le raccordement réalisé et l'essai des freins effectué, son collègue « poussera » le train jusqu'à la gare d'Avord où tous les deux, en manœuvrant sur les voies de service de cet établissement, replaceront la locomotive de pousse en tête. Tout cela à trente kilomètres à l'heure maximum. Un calcul rapide, c'est environ trois heures de retard à l'arrivée. Bon, Claude n'est pas couché. Et pour le moment il va lui falloir encore attendre.

*

* *

Depuis plusieurs jours, le gris est au dehors également, un brouillard dense, pesant.

Elle a eu cinquante neuf ans hier. Personne n'a daigné lui fêter son anniversaire, pas une carte, un coup de téléphone. Par son attitude négative, depuis déjà bien longtemps, Colette a inconsciemment fait fuir toute le monde. Ses deux filles ne viennent quasiment plus. Elle préfère sans doute cela car elles lui font de sempiternels reproches. Elle dort mal, s'alimente si peu. En guise de promenade, la seule activité où son esprit semble se calmer, presque chaque jour elle erre jusqu'à cet endroit fatidique d'où son mari l'a quittée.

Arrivée au passage à niveau, elle abandonne la route, s'éloigne des maisonnettes et des jardins, sans un regard pour personne, s'engage sur cette piste de terre battue qui longe la voie ferrée. Elle marche encore plusieurs centaines de mètres et là, s'arrête et attend. Des trains passent, terrifiants, dans un tonnerre métallique assourdissant. Leurs conducteurs utilisent le sifflet strident pour l'effrayer encore davantage sans doute, mais elle se retient de fuir, elle se sent tous les courages.

Elle attend. Personne ne peut plus lui interdire quoi que ce soit. C'est son droit d'être là. Son homme est mort ici.

Pourquoi ? Mais pourquoi a t-il traversé à cet endroit ? Pour aller pêcher ? La rivière n'est pas de l'autre côté. Il n'y a rien de l'autre côté, juste des champs. Elle veut comprendre. Elle tiendra le temps qu'il faudra.

Et puis la nuit est là, elle tombe si vite maintenant. Sur le noir s'abîme son énergie, sa résistance, alors elle fait le chemin à l'envers, elle rentre chez elle, là où il n'y a plus personne. Le lendemain, à la même heure, elle sait qu'elle reviendra…

*
* *

Juliette s'est mise à pleurer doucement, puis plus fort.

Depuis peu elle a appris que son bel amant est marié. Quelle naïve petite sotte, se pense t-elle.

Lors d'un apéritif, il a osé présenter sa femme à toute la famille. Elle a accusé le coup, se mordant discrètement les doigts pour ne pas hurler. Cette épouse lui semblait fade, presque vieille, elle devait sans doute s'accrocher à lui comme un boulet et, le connaissant, lui si sensible et généreux, il ne voulait en aucun cas lui faire de peine. Alors, il s'était résolu à la laisser l'accompagner.

Mais maintenant, depuis cette soirée, il se fait distant et, quand Juliette arrive à s'isoler quelques instants avec lui dans un coin désert de l'atelier, il élude les questions dont elle le harcèle gentiment.

Elle l'a attendu si longtemps comme depuis déjà plusieurs jours. Il n'a fait aucun signe, n'a laissé aucun message sur son portable, pas le moindre écho à sa douleur. Elle, ne peut pas l'appeler. Cette garce de « légitime » est soupçonneuse, elle semble surveiller tout, décroche souvent à sa place. Elle ne peut rien faire pour lui crier son amour sans le compromettre, sans provoquer sa colère et, conséquemment, les entrainer vers la rupture. Il est devenu le maître d'un jeu cruel et elle, petit museau docile, est soumise à ses règles.

Elle est aujourd'hui en cage. Elle pleure dans cette cage d'escalier de son lycée, si fort qu'un professeur la questionne. Alors elle s'enfuit au travers des rues de sa vieille ville de banlieue parisienne.

Tout le jour sans âme elle traine, laisse aller son chagrin sur le miroir des vitrines, revient cent fois devant cet hôtel où ils s'aimaient, un établissement minable dont elle perçoit nettement les lézardes des murs, la triste décrépitude de la façade maintenant qu'elle piétine ses illusions sur le trottoir.

En fin d'après-midi, pauvre minois trahi, anéanti, elle ne sait plus où elle est. Elle se retrouve devant un étroit passage, une ouverture dans un grillage que des voyous ont cisaillé, juste pour elle, semble t-il. Et ses yeux se perdent irrémédiablement au-delà de cette barrière entaillée où quatre interminables barres d'acier courent sur une plateforme de ballast. Les trains de banlieue à deux niveaux, aux couleurs de l'Ile-de-France, d'un appel d'air puissant qui l'épouvante, lui coupent le souffle.

Non loin d'elle, sur une petite pancarte, le numéro 66 en chiffres rouges l'hypnotise et l'attire.

*

*   *

Tout allait bien jusque là. Ce retour de Gevrey avait été routinier, presque facile. Deux locs seules jusqu'à Cercy, puis une vingtaine de minutes de manœuvres dans cette gare pour former un train de céréales plein à craquer. Vingt deux wagons, mille huit cent tonnes, les deux diesels tiraient cette bagatelle sans problème, un petit quatre vingt kilomètres à l'heure jusqu'au terminus situé à cinquante kilomètres. Tout allait très bien.

Jusqu'au point kilométrique 6,6 où un ciré jaune apparaît une fraction de seconde devant ses yeux. Un ciré jaune dans le brouillard de février…

Il est 14 h 33, Claude est un peu en retard sur son horaire.

Le ciré jaune est sur sa voie, entre les deux fils de rail… Un serpent glacé monte le long de sa colonne vertébrale. Et le sifflet du train se met à hurler ! Qui l'a actionné ? C'est la main droite de Claude qui fait les choses toute seule. Son autre main s'est impitoyablement explosée sur le champignon du frein d'urgence.

Le train va s'arrêter. Il va stopper bien sûr mais dans approximativement cinq cent mètres. Mais ce sera cinq cent mètres trop loin, cinq cent mètres trop tard. Car il est impossible d'immobiliser mille huit cent tonnes lancées à quatre vingt kilomètres à l'heure aussi instantanément. Le ciré jaune ne bouge pas. Ni la stridence des freins, ni le hurlement du sifflet mêlé à l'assourdissant bourdonnement des diesels, ni les cris terrifiés et les insultes de Claude debout dans sa cabine, rien ne peut plus l'impressionner. Il y a tant de jours que dans ce ciré jaune Colette apprivoise ces monstres de ferraille. Il y a tant de jours qu'elle attend ce courage pour ne pas s'enfuir. Le choc est simple, inéluctable, ce bruit d'un corps qui roule sur le ballast, intolérable. En une seconde, cette femme que Claude n'avait jamais vue n'est plus…

Le train s'arrête. Cinq cent mètres trop loin, cinq cent mètres trop tard. Que faire maintenant ? Un accident de personne ! Un accident de quelqu'un ! Protéger, prévenir…! *« J'ai tué quelqu'un…! »*

Les procédures d'urgence longtemps ressassées émergent à la surface de l'horreur. Signal d'alerte lumineux, signal d'alerte radio, torche à flamme rouge, protéger le corps des trains de sens inverse même si plus aucun espoir de survie ne subsiste.

Un train siffle…

Quelque part dans la mémoire de Claude, le rail est rouge… Un train siffle dans le noir… Comme dans le noir de la nuit qui a suivi ces moments tragiques. Un même cauchemar qui impose encore des images agressives à son esprit. Claude perçoit ce rouge. Le rouge du sang, le rouge des feux du passage à niveau…

Il a aussi en lui cet obsédant souvenir, indélébile, cette foule apparue une fraction de seconde pendant l'arrêt de son train, juste après le choc. C'était comme un rêve, des gens devant son regard, ou dans son esprit, il n'aurait su le dire. Une partie de ces personnes hurlait d'horreur, et l'autre partie laissait éclater sa joie. Qui étaient ces gens aux attitudes si contrastées ? Qui étaient ces êtres qui peuplèrent son âme au moment où un désir de mort se jetait sous les roues d'acier ? Qui étaient ces spectateurs de l'ailleurs venus assister au terrible départ d'une malheureuse ? Comme si la conscience de Colette, déchirant le voile interdit qui sépare la vie de la mort, pénétrant l'autre monde par effraction, aspirait avec elle un peu de la conscience de Claude et lui permettait ainsi d'entrevoir quelque éclat de l'au-delà. Claude se rappelle qu'en réalité, à part une auto ou deux attendant l'ouverture des barrières, il n'y avait aucune foule à ce passage à niveau.

Et, durant les premières heures qui suivirent cet accident, personne non plus pour lui apprendre le nom de celle qui gisait sous les wagons. Lors de sa déposition, aucun gendarme ne crut bon, ou ne put, lui dire son identité. Mais dans le noir de cette nuit d'après, dans ces heures de semi-cauchemar, restes rouges et crissements interminables des freins, le prénom Colette s'insinua lentement dans sa tête, s'invita bientôt en lui d'une manière étrange, sans animosité, sans aucun reproche.

Ce ne fut que deux jours plus tard, dans le journal local, qu'il put lire et ainsi découvrir véritablement le nom de sa victime : Colette V.

Depuis cette épreuve, Claude a bien du mal à penser que la vie s'arrête.

Un train siffle.

Est-ce la radio qui lui parle ? Un train siffle dans le noir…

– 57421, tu m'écoutes, je suis le conducteur de secours… Je suis attelé à l'arrière de ton train… Tu m'écoutes… On peut faire l'essai des freins ?… A toi.

Cette fois, Claude émerge difficilement de sa torpeur. Il voit lentement s'effacer de son regard le brouillard de février, le ciré jaune des derniers instants de l'existence de Colette. Enfin, la nuit printanière lui revient.

– Oui, conducteur de secours, je t'ai parfaitement reçu… Je suis ok pour l'essai des freins…

3h30. Le dépannage s'est déroulé plus rapidement qu'il se l'était imaginé. Claude est reparti avec une locomotive en parfait état, la machine en panne toujours attelée à son train et bonne pour un long séjour en atelier. Le conducteur de secours, quant à lui, est resté seul en gare d'Avord en attente d'un taxi commandé par le Régulateur.

Le ronronnement du diesel le détend et son regard l'emporte loin, jusqu'aux étoiles de la Grande Ourse qui scintillent si haut, loin de ces points lumineux verts, feux de signalisation se succédant droit devant, traçant dans l'obscurité la ligne d'acier invisible qui guide ses roues. Ses gestes de conduite devenus si machinaux après des années d'expérience, son corps comme un bon petit animal dressé à la rigoureuse vigilance, il peut ainsi laisser aller son esprit. Et de nouveau, vers le passé, ses pensées s'évadent.

Après le point kilométrique 6,6, lieu du trépas de Colette, il se revoit en un autre endroit : le point kilométrique 66.

Hasard, coïncidence ? Claude a dorénavant bien des doutes à ce sujet.

*

* *

Juliette a franchi la déchirure de la fragile barrière. Son petit manteau rouge s'est accroché sur les fils de fer acérés. Elle marche maintenant sur la piste, dans un espace aux limites invisibles mais bien trop proche des voies, là où le poids dérisoire de son corps ne l'empêchera pas d'être aspirée par le déplacement d'air d'un « rapide », comme une brindille infime. Son regard ne quitte plus cet étrange numéro 66.

Elle a compris l'instant d'avant pourquoi ce numéro l'affectait tant. 1966 est l'année de naissance de son impitoyable amant. Ce signe est très fort pour Juliette, la trop romantique Juliette, et elle y voit l'ultime rendez-vous de sa destinée.

Le cri d'un klaxon la fait sursauter, la réveille quelque peu. Il n'y a pour le moment aucun train en vue et c'est juste un automobiliste sur la route située à quelques mètres de distance qui s'énerve des zigzags d'un cycliste. Juliette est terrorisée, autant par ce qu'elle s'apprête à vivre que par le fait d'être découverte. Elle s'assied le dos contre un poteau de caténaire et fond en larmes. L'air du soir est doux quand il passe dans ses cheveux blonds, se surprend t-elle à penser…

Claude reçoit l'autorisation de départ. Le signal devant lui présente deux feux jaunes sur une ligne verticale : le ralentissement à trente kilomètres à l'heure. C'est la vitesse qu'il ne devra pas dépasser au franchissement des aiguillages pour quitter les voies de service de Moret-les-Sablons. Ce convoi de fret est relativement long, presque six cent mètres, il pourra alors accélérer à partir du kilomètre 66. Si tout va bien, il sera à l'heure ce soir au triage du Bourget.

À l'endroit de sa prise de vitesse, comme il s'apprête à jeter un œil par la fenêtre pour surveiller l'arrière de son train, serpent monstrueux qui se tortille en un long grincement aigu sur l'acier des aiguillages, il aperçoit devant lui un tissu rouge qui parait flotter sur la piste. Intrigué, il regarde plus intensément, le moindre signal de cette couleur agité aux abords des voies pouvant être interprété par tout conducteur comme un ordre d'arrêt absolu. Il évolue encore lentement alors il voit bien la jeune fille aux cheveux clairs prostrée derrière un poteau de caténaire. Elle semble étourdie de larmes.

Juliette n'a pas conscience de ce train de marchandises qui s'arrête. Elle ne sait pas non plus que lui veut cet homme qui, peu après, la saisit par les épaules.

– N'ayez pas peur, mademoiselle, j'ai prévenu la gare de Moret, on va venir vous aider.

Les paroles sont réconfortantes mais elle est comme une somnambule, funambule sur le fil d'un rêve où ses derniers instants aimeraient s'étirer.

Est-elle morte déjà, en morceaux sous les wagons, sous ce train stoppé si près, cette masse d'acier géante qui commence à tant l'impressionner maintenant que se reconstruit sa réalité, seconde après seconde ?

Elle aperçoit bientôt deux autres hommes, en uniforme cette fois, qui se dirigent hâtivement vers elle. Elle reconnait les pompiers. Et le plus jeune lui sourit.

– Ça va, mademoiselle, ça va… Vous allez bien ? Vous allez nous accompagner, vous voulez bien ? Vous verrez, tout va très bien se passer.

Ce jeune homme, si grand dans sa tenue de toile noire et rouge, a la voix si douce, et ses yeux sont si bleus, qu'elle s'empresse de lui tendre la main pour mieux revenir à la vie.

Après un bref compte rendu de l'incident par échange radio avec le Régulateur, Claude a repris sa route le cœur léger. En définitive, il n'arrivera pas à l'heure au triage du Bourget. Mais quelle importance puisque le soir est si doux avec ces restes de soleil éclaté sur les bleus de l'horizon. Il y voit s'évaporer lentement un vieux ciré jaune.

*

* *

Claude aimerait penser que Juliette avait réellement rendez-vous avec son destin ce jour là, que depuis elle oublie sa mésaventure romantique, réconfortée par le beau regard du jeune pompier.

Et il voudrait tant croire que quelque chose s'est vraiment produit pour lui au point kilométrique 66. Quelque chose que Colette lui aurait soufflé.

Quelque chose comme le pardon de la Vie.

À Monique

À propos de En souriant aux anges

Dans les années quatre-vingt dix, le Journal du Centre publiait des nouvelles d'auteurs amateurs. N'ayant aucune expérience du genre, je m'assis devant ma vieille machine à rubans d'alors et j'écrivis la première version de cette histoire. Puis je l'envoyai au journal.

Quelques semaines plus tard, dans un kiosque où je feuilletais par hasard le Centre-France, édition du dimanche du Journal du Centre, quelle ne fut pas ma surprise de voir le titre de ma nouvelle ? Personne au journal ne s'étant donné la peine de m'avertir, j'aurais pu passer totalement à côté de cette publication. De la même façon, quelques temps après, sans plus de commentaire, je reçus un chèque de 750 francs (115 euros environ), ma première rémunération d'auteur.

La version qui apparaît dans ce recueil est évidemment entièrement réécrite, le nom des personnages a changé, leurs existences sont davantage crédibles, mais le thème traité est exactement le même qu'en 1992.

En souriant aux anges

Parfois à l'aube, la vie semblait plus cruelle. Le pain moisissait dans les sacs plastiques et ne pouvait calmer les nœuds de l'estomac. Le mauvais vin traçait une lente voie acide au travers des viscères sans qu'il n'en obtienne plus l'effet anesthésiant de l'ivresse. Le monde « manifesté », comme le dénommait János, devenait un enfer d'humidité glaciale, s'immisçant profondément sous la peau, l'obligeant trop souvent à rompre sa longue torpeur méditative.

János frissonnait, souhaitait la venue du jour. Il espérait la moindre lueur reflétée sur le verre des fenêtres des vieux immeubles et laissait dériver loin son regard au-dessus de la ville, vers les tours de la Défense où s'entassaient des nuées sombres. Quelques étoiles immobiles, caressées de temps à autre par le silencieux glissement d'un satellite, piquaient encore l'obscur du ciel. Avec l'avancée de la nuit, sur les berges, le flot des autos s'était presque tari, mais aux premiers espoirs de cette matinée nouvelle quelqu'un avait dû rouvrir les vannes car le ronronnement lancinant peu à peu reprenait.

Allongée sous les cartons de leur abri, Lucie « la rêveuse », entortillée dans son duvet en loques, se tournait et se retournait, geignait dans son sommeil, les vertèbres meurtries, maintenue bien malgré elle par son ventre rond, le dos sur un matelas trop fin amortissant à peine le dur du béton.

János était soucieux. Qu'il s'inquiétât de la grossesse de Lucie et de son sommeil inconfortable n'en était pas la seule raison. Décembre venu, les couleurs, poudrées par ce gris fumant dont se grimait la ville, s'effaçaient de ses rêves. Une indéfinissable mélancolie lui faisait l'éveil maussade. Ainsi, ses pensées, comme ses yeux, fuyaient loin de ce monde en déclin, loin de lui, à l'écoute d'un fragile être intérieur.

En cette fin d'année, l'hiver travaillait plus durement les heures de ses outils de glace. Les pouvoirs publics ouvraient la nuit quelques stations de métro qui accueilleraient les sans abris.

En ce triste matin glacial, avant de retrouver le chaud des tréfonds de la ville, Mick et José, discutaient ferme avec János et Lucie. Ils étaient leurs récents compagnons de quai et de bouteille et ils voulaient simplement les convaincre de les suivre sous les soleils publicitaires de Saint-Domingue ou de Cuba mais la conversation tournait maintenant à la « philo de Sophie », comme aurait dit le vieux José.

– Ton truc sur le renoncement, c'est une connerie ! Lui cracha Mick. Tu veux renoncer à quoi d'abord, János, mon pauvre János, on a rien, on a jamais rien eu… Un peu de pinard pour pas flancher ? Le crack, le shit, c'est bon pour les riches ça, pour les putes et les « gansters ». Nous, on est des déchets, tous les quatre, même toi mon vieux, même le mioche de

Lucie, c'est un bébé clodo avant de naître. T'es à Paname ici, mon János, pas à Budapest. Pas de tune, pas de culture ! Pas de culture, pas de tune ! T'as que « la lune dans le caniveau ». Chez nous on est plus proche du rat que de l'humain, crois-moi. Et on renonce à rien ici, c'est pas dans les mœurs. À quoi tu veux renoncer, pauvre naze !

– Le confort est à l'origine de toutes les illusions, leur annonça l'hermétique János n'ayant pour seule racine hongroise que celle donnée par son géniteur, le grand amour exotique de sa mère, d'où ce prénom dont elle avait affublé son fils. Ce père, en vérité un simple bon-à-rien bien vite enfui, que cette mère s'entêtait depuis toujours à dépeindre comme un être idéal, semblait sortir de la brume d'un ailleurs mystérieux, une description qui ennoblissait des repères bien imaginaires mais auxquels János aimait se référer pour séduire ou impressionner son auditoire.

– Eh Jos, mate-moi le luxe, tâte-moi ce douillet, un quai de Seine et des cartons !

– Et Poubelles-Dizcount comme zupermarché ! Zérieusement, tu zerzes à nous faire rigoler, zozota José d'un sourire noir et blanc, conséquence malheureuse d'une échauffourée avec des tagueurs où il avait sacrifié quelques dents comme tribut à ces guéguerres de l'ombre, « un moment d'égarement », comme il disait, en référence à ces titres de films oubliés que son pote Mick affectionnait tant.

– Le ventre de la mère, continua János en caressant les rondeurs de Lucie, est comme le paradis perdu et nous passons notre temps à rechercher inconsciemment la douceur de ce premier confort. Nos existences et ainsi notre monde sont bâtis des briques de cette illusion.

– Lâche un peu tes bouquins, János, il va t'en rester des séquelles sinon ! T'as fumé ton bon dieu ou quoi ? Il te laissera crever, c'est sûr ! Ici comme ailleurs, il se fout de toi, mon János. Y'a que la tune qui compte, j'te dis ! Même qu'il parait que le Quasi, « le bossu de Notre-Dame », il est pas tranquille pour son « bisness », ils mettent des « canenas » partout !

– En vérité, je vous le dis…

– Tu vas pas quand même nous mimer le Zézus, pouffa José.

– L'inconfortable froideur de la mort opposée à la délicieuse chaleur de nos vies, voici encore une illusion bien tenace. La douleur et la mort n'existent pas, tout n'est qu'illusion…, poursuivit l'imperturbable János.

– La messe est dite ?… Alors amen,… toi ! José s'esclaffa de plus bel.

– Allez, laisse tomber, Jos. Ils sont cramés nos « amants du Pont-Neuf », lâcha Mick écœuré. Tu viens, on se tire.

Ils n'avaient pas davantage essayé de les persuader, ce fêlé zen, chevelu et famélique, et sa jeune compagne silencieuse et soumise, les deux imbibés les avaient plantés là, convaincus qu'ils rappliqueraient à la première engelure.

Cette idée d'abandonner les plaisirs du monde dont il soûlait son entourage depuis quelques temps ressemblait fort aux épreuves de l'adolescence lors des rites initiatiques de certaines peuplades pour accéder à l'âge adulte, l'âme et le corps offerts à la douleur pour tremper le caractère et, pour renforcer l'ego, la fierté de la réussite.

Au fond de lui, János percevait bien tout le puéril de son attitude. Il savait qu'il ne s'agissait nullement de ce renoncement que lui enjoignaient grands maitres et philosophes au travers de ses lectures. Mais pouvait-il perdre cette face de sagesse qu'il avait lentement finie par imposer, croyait-il, à ses singuliers compagnons, lesquels pourtant n'avaient rien de fidèles disciples, et à sa copine en cloque qui n'était sans doute sa femme que par pur hasard et absence d'autres choix ? Il se voyait confusément engager sur un chemin ridicule, tracé par ses rêves et ses errances, où le demi-tour pourtant facilement envisageable, raisonnable, lui apparaissait maintenant comme l'effondrement de ce château de cartes qu'étaient devenus pour lui les derniers regards, cette infime estime des plus bas représentants d'une société qu'il avait critiquée et haïe, méprisée et fuie par bêtise et orgueil.

Malgré ses doutes, ses peurs, il sentait bien qu'il devait prendre une courageuse résolution. Et de plus, cet être intérieur fascinant qu'il consultait souvent, ces points scintillants de l'espace, ne lui avaient-ils pas soufflé de prendre grand soin de Lucie et du précieux fardeau qu'elle portait ?

Il devait renoncer, oui, à tout confort, à toutes les douceurs du monde, à toutes ces illusions, oui, mais surtout à Lucie, au dernier être pour lequel il eût encore de l'attachement, de la tendresse et du désir. Il lui fallait ensuite s'enfoncer sur ce sentier de ronces et de ténèbres qui le conduirait, il n'en doutait pas, à la Révélation, à l'Illumination, ou bien… à une probable fuite guidée par sa lâcheté et sa vanité, et de cela personne le connaissant ne devait en être le témoin.

Une semaine après ce triste matin de poudre grise, rejoignant Mick et José, Lucie « la rêveuse » quittait János. Il l'avait incitée à partir, l'avait chassée de sa vie avec gentillesse, et si facilement qu'il ne savait plus trop ce qu'il avait lu dans ses yeux au moment du départ, de l'admiration ou bien… du soulagement.

Maintenant seul, il affrontait la faim, le gel de l'hiver, tout entier à sa contemplation, à la recherche de la non douceur, de la non douleur, du non désir.

*
* *

Les sirènes de police criaient du cœur de la ville, les fumées d'échappement et des chauffages étouffaient le regard.

La Seine était noire, géante, et clapotait d'argent, de bleus et de sang, les lumières de Paris s'y débattant infiniment.

À quelques mètres au-dessus de ces quais, les humains déambulaient par les rues. Prisonniers de leurs histoires, ils marchaient, piétinaient, couraient, créant et gonflant un mouvement inconscient, indécis, sans but apparent mais inéluctable, implacable, qui plongeait les regards dans la brillance des vitrines ; une entité fantomatique qui, renforcée par ces désirs qui lui donnaient vie, soumettait chacun à la tentation, l'offrait aux pièges des couleurs, des lueurs, des objets, des parfums, à l'éblouissante futilité, mêlant l'oxygène vital du bon sens aux gaz viciés de l'argent, l'étourdissait d'un tourbillon de rêves, le façonnait en consommateur compulsif, Pinocchio entortillé dans ses ficelles, pantin aux illusions mentant sa vraie valeur. Cette étrange fièvre semblait innocente et donnait à penser aux gens qu'ils étaient simplement guidés par de bons sentiments, par leur générosité, l'altruiste esprit de Noël. Mais ils étaient juste inspirés par le mensonge perpétuel de l'univers médiatique, saturé de publicité, qui les manipulait, les hypnotisait, leur vidait l'âme et les poches pour ensuite les rejeter, hébétés, étourdis, sur ces avenues outrageusement illuminées à la gloire du Messie, ce prédicateur d'une autre ère dont ces marchands du Temple qu'il vilipenda avaient su depuis bien longtemps récupérer et dénaturer le message.

À quelques heures de cette nuit de Noël, contrastant avec la chaleur de cet enfer mercantile, la température chuta jusqu'à moins quinze.

János avait bien du mal à se défaire du va-et-vient de son cerveau, mélange de mots, d'images disparates, sons, visages, souvenirs, venus de la fange de l'inconscient. Le froid engourdissait sa méditation. Pour ne pas dormir, il psalmodia des prières de son cru. Il ne voulait pas s'endormir car le sommeil était un abîme d'où il ne reviendrait pas, il le savait, et il devait être fort, toujours plus fort et résister à cet ennemi des plus ordinaires.

« Tout n'est qu'illusion, tout n'est qu'illusion, » essaya t-il de se convaincre.

Il savait bien que ce qu'il avait devant les yeux était faux, qu'il était assis en tailleur à contempler les éclats colorés du fleuve parisien et que, par conséquent, il lui était impossible de se voir ainsi allongé en cette posture incommode. Sans doute un bref instant, avait-il fini par glisser dans le douillet sommeil ? Et il rêvait tout simplement.

Il tenta de se ressaisir, de s'ébrouer un peu. Il se pencha vers l'avant pour mieux s'examiner dans cette position du lotus qu'il pensait avoir adoptée, mais, étrangement, aucun de ses désirs n'engendra le moindre mouvement. Il voulut alors fermer les yeux, obtenir un simple battement des paupières mais rien n'y fit. Son corps inerte, étendu, brisé, emplissait son champ de vision et il ne put chasser cette horrible image de lui-même, cette innommable mouche écrasée sur sa rétine. Alors, rapidement, puissamment, monta en lui une vague d'effroi venue du fond des âges. Mourir…

Il ne pouvait pas ne pas comprendre, il ne voulait pas se reconnaître ainsi : un malheureux corps figé en une raideur cadavérique. Mourir…

Le glacial de la nuit n'existait plus, ni la torture de la faim. Il n'aurait pu hurler même s'il l'avait voulu car aucun son ne semblait devoir sortir de lui. Un assourdissant bourdonnement lui emplit l'esprit, un tournoiement grinçant s'évertuant à broyer le treillis des axones d'où surgirent d'obsédantes pensées délirantes ; des ombres géantes, absurdes, des ricanements, des bribes d'anciennes conversations, des fous rires, des pleurs, des rires fous, démoniaques, odeurs, cris, claquements… des couleurs évanescentes, d'autres éblouissantes, sombres ou pimpantes, le traversant de part et d'autre. Mourir…

Où était-il maintenant ? Le quai de Seine où périssait son corps avait disparu. La peur le balayait. Tout lui apparaissait si fugitif et instable. Mourir… Mourir… L'effroyable pensée le dévorait totalement, l'anéantissait.

« *Cette vie n'est plus la tienne, ce temps n'est plus le tien !* » crut-il percevoir.

Il comprit bientôt que ce décor étranger, où son esprit semblait flotter, fluctuait au rythme des pensées. Il essaya de reprendre le contrôle de sa conscience. Sa peur se dissipa alors partiellement.

« Où suis-je ? » pensa t-il.

« *As-tu oublié la valeur de cette vie ?* » entendit-il répondre.

« Qui êtes-vous ? Je suis mort ? C'est ça la mort ? »

« *As-tu oublié la valeur de cette vie ?* »

« Mais je suis toujours là, je pense, je vis ! Qui êtes-vous ? »

« *N'en as-tu pas assez de cette vie ? N'en as-tu pas assez de l'illusion ?* »

Aux premiers instants de la mort, après l'arrêt de toute activité électrique neuronale, s'éteint le sens du toucher. Froid, chaleur, sécheresse, humidité, mollesse, dureté, les corpuscules de la peau ne peuvent plus relayer ces perceptions de l'extérieur d'un être. La rétine, fine membrane où s'inscrivent les variations de lumière et le mouvement de chaque chose ne communique plus au cortex ces informations du dehors, le noir ainsi se fait. Les ondes sonores viennent marteler un tympan dont les fibres nerveuses ne transmettent plus rien.

La conscience, sans tous ses relais sensoriels avec l'univers matériel qu'elle est en train de quitter, est comme prise de panique, plonge alors vers les milliards de chemins de la mémoire où s'entremêlent images, sons, odeurs, paroles, de manière chaotique. Mais, comme ce nouvel environnement est issu d'elle-même qui cherche avant tout à se réfugier dans la lueur du connu, elle retrouve vite sa capacité à tout contrôler, régenter, à se rassurer, et par un semblant de cohérence des pensées, elle s'invente une réalité où le corps ne meurt pas, où le monde reste le même.

Mais malgré ce désir impérieux de continuité, sa « réalité » se délite, lui échappe. Et bientôt d'autres visions surviennent, jaillissent. C'est une dimension inattendue qui se déplie, où tout semble vide mais dans laquelle apparaissent de multiples et nouvelles potentialités.

Ce vide infini n'est pas le néant, il est sans mesure d'aucune sorte, l'espace et le temps n'y existent pas ; il est le Point unique et l'Instantanéité. Il est à la source de toutes les sources, il est le nid de toutes les consciences, il est à la fois l'obscur de l'Ignorance, la lumière de la Connaissance.

La première réaction de l'esprit, quand le corps qui l'a hébergé meurt, imprégné des perpétuelles appréhensions de l'humain, est le refus de concevoir et d'admettre cette ultime Réalité. Tourmenté par d'indéracinables désirs, futiles serpents lovés au fond de lui, induisant son orgueil maladif, déchiré par cette crainte de disparaître que l'illusion du déroulement du temps a créé, l'esprit se fourvoie dans ses vieux schémas, dans ce besoin d'affirmer son existence alors qu'il est l'Existence même, une Eternité qu'il ne pourrait saisir sans l'expérience de la vie charnelle qui l'amènerait ainsi à la compréhension de sa propre nature.

« Mais je vis, je pense, je suis toujours de ce monde, la mort n'existe pas ! Il faut qu'on le dise, il faut que tous le sachent ! » Hurla János du plus profond de lui.

« N'en as-tu pas assez de ces chimères ? As-tu oublié le sens de cette vie ? »

« Je sais bien que tout ça est réel, qu'il n'y a pas d'illusion. Je suis vivant. Lucie, Mick et les autres, il faut qu'on leur dise. Je veux leur annoncer que la mort n'existe pas, que tout cela n'est pas un rêve. Je serais ainsi l'égal des grands prophètes ! Il doit bien y avoir un moyen de leur apprendre. »

L'esprit de János évoluait dorénavant dans une sublime lumière. Mais la folie de son désir devenant irrésistible prit bientôt l'apparence d'une sombre spirale qui commença à se former tout autour de lui. Comme pour écarter cet attrait funeste, un gigantesque sourire aux bienveillantes intentions, emplissant tout l'espace, ancré en un présent immuable, ouvrit pour lui les voiles multicolores d'une scène infinie derrière laquelle s'offraient d'innombrables univers. Mais János ne pouvait plus percevoir que ce que son idée déraisonnablement fixe lui dictait.

« Il faut que tous le sachent. Je suis vivant, vivant ! La mort n'existe pas ! »

« N'en as-tu pas assez de ces erreurs, de ce piège des pensées ? Ne comprends-tu pas ce qu'est la Vie ? Cherches-tu vraiment à retourner d'où tu viens ? Ne vois-tu pas à quoi ton désir t'enchaîne, où ton illusion t'entraîne ? »

« CE N'EST PAS UNE ILLUSION ! »

La volute impalpable se gonfla davantage encore de l'entêtement de János. Inexorablement, comme une feuille racornie par l'automne, dans le vent de ce tourbillon puissant son âme virevolta, se déchira, se fragmenta, s'éparpilla et s'amenuisa lentement. Elle disparut enfin au cœur d'un impitoyable maelström qui menait à l'oubli…

*

* *

Qu'il était beau cet endroit que des couleurs pastel enveloppaient de toutes parts, qu'il faisait chaud en ce nid douillet. Aucune peur ni angoisse. Tout était bon et parfait, lumineux. Le Temps semblait infini, seulement rythmé par des battements sourds, l'écoulement de la Vie perlant au travers de ce cordon qui sortait de lui. Son corps exempt de douleur flottait dans un nectar de pur bonheur. Il sentait ses petits bras remuer. Si bon et si chaud…

Des sons lointains lui parvinrent, harmonieuse douceur. Il lui sembla discerner des mots, associés maladroitement à une mélodie, une autre liqueur merveilleuse pour un autre sens.

Mais il ne saisit pas. Lui dont l'âme était vierge, comment put-il comprendre ces paroles chantées, comment put-il reconnaître la voix de Lucie fredonnant ce vieux standard de Bob Marley : « No woman, no cry » ?

Sans savoir davantage pourquoi il le fit, il se mit soudain à frapper de ses petits pieds, du plus fort qu'il put, la paroi lumineuse du placenta.

Et tandis que Lucie « la rêveuse » le calmait par une gentille caresse sur son ventre, émerveillée par la vivacité de ce fils que János, le père défunt, n'aurait jamais la joie de connaître, il se rendormit doucement. Il se perdit en un rêve doré en souriant aux anges.

À propos du Crime du hasard

L'association « Envie de vous lire » à Viroflay, Yvelines, organisa en 2010 son premier concours de nouvelles qui avait pour thème : « Trois courtes secondes d'inattention ». J'imaginai répartir ces trois courtes secondes en trois situations que vivraient trois personnages totalement ordinaires. Sans doute est-ce cela qui séduisit les membres du jury de cette association puisqu'ils attribuèrent leur premier prix à cette histoire ?

Pour participer à un concours, il faut respecter les critères que les organisateurs imposent, police utilisée, nombre de caractères, nombres de pages, etc. Pour répondre à ces exigences, il m'a fallu souvent « élaguer », éclaircir des paragraphes, supprimer des parties qui me tenaient à cœur. Loin d'appauvrir mes nouvelles, tout au contraire, ces contraintes m'ont souvent été bénéfiques. Trouver le mot juste, alléger mes phrases, ce genre d'exercices passionnants m'a permis d'améliorer mon style, de l'épurer.

La version présentée ici n'est pas celle du concours. J'y apporte certaines précisions que de plus mûres réflexions m'ont dictées. Les courts paragraphes sur le hasard et l'inattention pourraient sembler inutiles à certains mais ils sont à mon sens des passages essentiels sans lesquels l'idée principale qui dicte ce récit apparaitrait moins clairement.

Le crime du hasard

Il est concentré sur sa ligne, les vaguelettes donnant à son bouchon le mal de mer, petite mer verte, couleur olive offerte par les roseaux et les aulnes de la rive.

Une bonne fois, il a soufflé fort pour chasser de son esprit, de chacune de ses fibres musculaires, le toxique de ce stress engendré par une nouvelle dispute qui a encore éclaté hier soir, avant le coucher, à propos de tout et de rien. Il en mâchouille le souvenir depuis son réveil. Une dernière fois, il a pesté intérieurement contre lui-même, s'efforçant à la pureté du vide, laissant enfin son regard suivre le fil de nylon jusqu'à l'eau.

Des éclats transparents, un insaisissable reflet de lui ondulant au souffle du vent, un petit rien de bleu du ciel, sur tout cela flotte sa plume légère qui, il n'en doute pas, lui transmettra bientôt une précieuse information : un poisson mord à l'hameçon.

*

*   *

Elle s'est toujours trouvée trop petite. Et il n'est pas là ce bon à rien, parti elle ne sait où. Sans rien lui dire, bien sûr. De toute façon, avec lui, on ne sait jamais rien. Bon, tant pis, elle se débrouillerait toute seule, une fois de plus. Ce n'est pas une idiote d'ampoule grillée qui va lui gâcher la matinée. Ah si seulement elle était un chouia plus grande, une chaise suffirait. Oh non, il lui manque si peu ! Il va lui falloir monter sur la table. Voilà, ça y est. Ouf… par chance ce n'est pas une ampoule à vis, elle n'en a plus qu'une et elle est à baïonnette.

Mickael Jackson, super ! Elle a toujours été folle de lui. Depuis sa disparition, toutes les radios ne passent pas une heure sans diffuser un de ces tubes. Quels hypocrites ces médias ! Avant sa mort, il était devenu le monstre de tous les scandales, et maintenant c'est l'artiste du siècle. Qu'importe, les vrais fans se reconnaissent et elle en fait partie. « Billie Jean », elle en sait chaque parole, c'est sa préférée.

Bon, il faut changer cette ampoule. Et le déjeuner qui n'est pas prêt, elle n'est pas en avance ce matin. « Billie Jean's not my lover… » Un petit pas de danse sur la table, rien que pour elle, oh comme c'est bon, quel délice ! Si son inutile de mari la voyait !

*

*   *

Des lois définissent l'infini de l'espace, le mouvement des astres, le tourbillon du temps. Mais rien, jamais, n'est vraiment déterminé. Qui peut voir dans le lent froissement des jours l'écriture d'un destin ? Du néant, peut-être, sont nés quelques infimes éléments de matière et des règles immuables les régissant, mais cette belle association, sans doute, fut-elle ensuite jetée dans le flou gris du hasard ? Car en dehors du cadre de ces données invisibles, tout apparait comme étant totalement libre, soumis au gré des vents, chaque être semblant décider, avec plus ou moins de discernement, de la suite à donner à son existence. Point de destinée donc, toute entière soumise aux choix inconnus d'un Dieu silencieux, point de chemin sur lequel marcher en toute inconscience. Ténèbres et lumière, ignorance et connaissance, inconscience et conscience. La conscience, justement, voilà où tout se joue, où le néant s'efface, où les lois s'apprivoisent, où le hasard, enfin, perd un peu de son impitoyable pouvoir.

*

* *

Deux libellules se poursuivent effleurant l'eau. Deux insectes sans grande importance cherchent à se reproduire. Celle de couleur bleue est le mâle, ses yeux volumineux composés de milliers d'ommatidies lui donnent une vision très précise. Mû par un instinct puissant, il ne perd pas de vue cet autre lui-même, à peine différent. Un instant de repos au dessus de l'eau, cette longue branche dépourvue de feuilles fait parfaitement son affaire. Ce début Juin est lumineux, d'une douce chaleur, les conditions sont bonnes, mais l'insecte est inconscient de chaque instant, de ces faveurs du printemps pour une reproduction réussie. La vie en lui est totalement vouée à son idéal : se perpétuer de toutes les manières possibles. Alors qu'importe qu'il sache ou non pourquoi il poursuit sa congénère, le hasard l'a placée devant lui et une seule chose compte maintenant : la crocheter pour qu'il puisse lui transmettre ses gènes.

Un frôlement d'ailes fragiles et translucides en une danse nuptiale aérienne, une valse d'insectes dans le doré des reflets de l'eau, un mouvement subtil est apparu une infime seconde devant son regard. La plus bleue des deux libellules s'est bientôt installée sur le scion de sa canne. Il a suivi des yeux cet insignifiant événement de la nature, lui faisant perdre le fil, et sa conscience. *Une courte seconde d'inattention.* Durant cet instant un autre mouvement entre les vaguelettes, mais qu'il ne perçoit pas. Son bouchon a plongé, un gardon de la taille d'une main est venu goûter à l'asticot. La ligne n'ayant pas été ferrée, le poisson a tranquillement titillé la larve jusqu'à sentir ce goût d'acier inconnu et effrayant qui l'a incité à fuir. À la surface la plume est ressortie, reprenant son monotone balancement.

Il ne sait pas trop pourquoi ça ne marche pas. Pourquoi une telle incompétence ? Laisse t-il une trop grande part à la chance ? Le vent d'Est, lui disait son grand-père, est très mauvais, et les poissons à certaines périodes de l'année profitent d'un biotope généreux, dédaignant les fades appâts qu'il s'entête à leur servir. Mais tout cela est trop technique, il ne sait et ne veut rien savoir de la direction des vents, des bonnes époques où ces proies insaisissables seront affamées, ni des bestioles qu'elles apprécient, et il manque sans doute également de concentration soutenue. N'est-il pas là juste pour se détendre, échanger ses pensées noires contre des flots de particules lumineuses, quelques brises caressantes et des effluves humides ; il adore plus particulièrement celle de la menthe sauvage. Mais quand même, malgré ce temps de farniente et de plénitude douce, cette pêche invariablement infructueuse finit par le lasser, d'autant plus qu'elle ne peut justifier en rien ses longues matinées d'absence. Une heure plus tard donc, une fois de plus bredouille, désenchanté, il range son matériel et prend le chemin du retour.

*
*   *

La musique l'emporte loin de son quotidien de femme au foyer. Mais elle ne s'invente pas une autre vie. Pourquoi faire ? Elle n'a jamais rêvé de participer à la « Star' AC ».

Elle se laisse pénétrer par le rythme, les mots de Mickael qui frappent, sa voix comme un instrument de percussion aux infinis nuances, cette mélodie mille fois entendue mais dont elle ne sera jamais blasée. Une merveille ! Debout sur la table de sa cuisine, elle danse, elle a tout oublié, concentrée sur ces sons qui l'envoûtent, et son corps est parfait, il se colle à cette musique comme il ne l'a jamais fait. Consciente de sa douce folie, bouleversée par une joie profonde, coupant le souffle, elle en rirait presque, intensément vivante, et ce sont des larmes qui lui viennent aux yeux. Dans le trouble de ces larmes, elle voit du haut de son délire chaque objet de sa cuisine et chaque objet lui apparaît éblouissant. Par ce laisser-aller inattendu, son esprit, un instant, s'est grand ouvert, et le bonheur s'y engouffre sans retenue, opérant une métamorphose de chaque chose, offrant à son insipide existence une revigorante lumière.

Est-ce la lumière du dehors, la chaleur, les exquis frétillements donnant tant d'informations, de ces autres elle-même qu'elle perçoit parfaitement dans l'obscurité grâce à sa vision qui s'étend jusque dans l'ultraviolet, sont-ce les phéromones entêtants, tournoyant depuis l'aube aux abords de la ruche, qui les obligent tous à cette explosion d'activité ? L'abeille butineuse ne sait rien de tout cela, n'ayant aucune possibilité de question en elle, mais elle reprend son vol, guidée vers des régions lointaines par le souvenir de ces danses, cartes de mouvements complexes inscrites pour un instant en sa courte mémoire. Son voyage est interminable, aléatoire, des distances si grandes, une halte sur un cerisier, une autre sur le pommier voisin, récoltant sur les étamines de leurs fleurs le précieux pollen. Mais d'où lui vient cette étrange curiosité ? Sur la façade crème d'un pavillon de banlieue, un gigantesque espace d'ombre l'attire.

Les parfums du lilas pénètrent par la fenêtre ouverte, ainsi que les milliards de photons nés quelques minutes plutôt au cœur du Soleil, le bruissement des feuilles nouvelles qu'agite une brise légère, et l'insecte inoffensif mais indésirable car, par manque d'attention, bien trop souvent confondu avec sa lointaine cousine : la guêpe.

« Billie Jean » n'a pas fini de harceler ce pauvre Mickael.

Elle est encore toute à sa danse improvisée quand elle aperçoit l'abeille curieuse, cette « guêpe » qui s'approche de son visage. D'un coup, c'est la panique. Ancré tout au fond d'elle, l'instinct de survie de sa race déclenche une brusque sécrétion d'adrénaline qui noie sa conscience et lui fait perdre soudain tout sens de la réalité de ce danger pourtant bien infime. Ses mains battent l'air, sa gorge s'emplit d'un cri d'hystérie qui jaillit irrépressiblement, couvrant le volume de la radio et le dernier souffle de Mickael qui va s'éteindre définitivement. Elle ne sait plus où elle est. Ses muscles lui transmettent une unique information : fuir. *Une courte seconde d'inattention.* Un de ses pieds marche en dehors de la table, se pose un instant sur le vide. Son cerveau n'a pas le temps d'analyser cette nouvelle donnée. La force de gravité, une loi physique implacable, qu'elle a pourtant bien su contrôler depuis son enfance, l'attire vers le bas. C'est la chute. Elle tombe, la poitrine offerte aux éléments hauts de sa belle cuisine de chêne, à ces étagères où est posé, parmi divers autres ustensiles, un porte-couteaux en forme de cœur, le sympathique design d'un objet bien mal équilibré. Après avoir heurté les portes des placards, ses bras impuissants à la retenir entrainent avec elle la boîte ridicule et les couteaux qui se libèrent un à un. Elle se cogne violemment la tête sur le rebord du plan de travail carrelé. Sa descente se poursuit et le sol cruel la reçoit, en même temps qu'une longue lame d'acier dressée, en équilibre un infime instant, tenue verticalement par le poids de son manche, et qui la pénètre irrémédiablement au milieu du thorax, lui arrachant un second cri effroyable, lui retirant la vie.

L'abeille a fait le tour de la pièce. Elle n'a perçu aucune bonne information à danser à ses sœurs. Elle ressort de l'ombre et disparait dans la lumière.

*

*   *

Il va doucement sur son vélo. Pourquoi rouler vite, le temps est si doux, et rentrer chez lui ne le réjouit guère. Il s'aperçoit qu'il n'a pas encore digéré la scène d'hier soir. Ces disputes sont de plus en plus violentes, ça ne peut plus durer. Mais bon sang, est-ce sa faute s'il ne trouve pas de boulot ? La région est sinistrée, la production industrielle n'a pas su s'adapter au nouveau siècle et ce qui tenait encore debout a été délocalisé pour faire trimer à des milliers de kilomètres de vrais esclaves. Elle regarde pourtant assez la télé, c'est partout pareil, elle devrait bien le savoir. Et Pôle-Emploi avec ces stupides ateliers dont tout le monde se fout, ces propositions de contrat à durée déterminée de dix jours à cent bornes d'ici. De quoi être plus que découragé. Il faudrait vendre, repartir de zéro, tout quitter pour un inconnu angoissant. Tout cela lui semble des épreuves bien insurmontables. Bon, cet après midi, promis, pour calmer le jeu, il fera le tour des boîtes d'intérim. Cela la rassurera peut-être.

Il dépose son matériel de pêche sur l'établi de son garage. Il rangera tout cela plus tard. Il pénètre à l'intérieur de la maison, appelle doucement sa femme pour lui signaler son retour. Pas de réponse. À cette heure elle est sans doute à la cuisine à préparer le repas. Ou partie à l'école récupérer la petite. C'est vrai qu'il n'a vraiment rien à lui reprocher, maman parfaite, bonne ménagère et cuisinière, c'est une femme d'une autre époque qui tient à demeurer à la maison pour mieux élever son enfant. Elle a sans doute raison et c'est bien à lui de se remuer, de songer sérieusement à faire des efforts.

Dans la cuisine, un liquide rouge sur le carrelage. Mais qu'a-t-elle donc renversé ?

Il en est encore à chercher la cause de la présence de ce liquide quand il voit soudain derrière la table le corps recroquevillé de son épouse gisant sur le sol.

Aucun son ne sort de sa bouche, aucune pensée ne naît en son esprit. Une grimace monstrueuse lui crispe brusquement, douloureusement, le visage. Ses rétines sont saturées d'horreur, elles s'accaparent les images sans que son cerveau n'en puisse analyser le sens. De la poitrine transpercée au sang répandu, de ce couteau irréel planté dans ce corps sans vie, son regard halluciné ne veut plus rien saisir. Il tombe à genoux, les mains dans le liquide rouge, les yeux dans les yeux éteints de sa femme.

*

* *

Inconscience, inattention, une rêverie que rien ne semble commander, une perte momentanée des sens : ces trous dans le profond des âmes sont des abîmes dans lesquels flottent et rôdent des monstres qui paraissent endormis. Frapperont-ils sans désir de mal ou, prédateurs impitoyables, traqueront-ils le malheureux distrait tout ce temps que durera sa chute ? Être un court instant déchu et le risque de plonger vers un enfer est grand.

Outre les lois immuables qui bâtissent l'Univers, d'autres règles s'ajoutent à cette diversité menaçante des forces invisibles, celles issues des expériences multiples des civilisations, créées pour protéger l'homme de lui-même, toutes aussi impalpables mais ô combien plus fragiles car totalement subordonnées à la conscience humaine ou à son absence.

*

* *

« Gendarmerie Nationale ! Ouvrez ! » « Gendarmerie Nationale, vous entendez ! Ouvrez cette porte ! »

– Ah, Messieurs les gendarmes, vous êtes là, vous en avez mis du temps. J'espère qu'il n'est pas arrivé un drame.

– Veuillez rentrer chez vous, Madame, laissez-nous faire notre travail !

– Mais je suis la voisine, c'est moi qui vous ai appelés quand j'ai entendu les hurlements de cette pauvre Charlotte.

– Euh… Oui, oui, bon… En effet. Euh… Ça ne répond pas. Vous connaissez peut-être un autre moyen pour entrer chez ces gens ?

– Oui, oui, bien sûr, par la porte de derrière, c'est comme ça qu'ils font tout le temps. Je peux vous accompagner si vous voulez. Vous savez, ils se disputent presque tous les jours.

– Merci, Madame, mais pour le moment il vaut mieux que vous rentriez chez vous. On vous fera signe si on a besoin de vous pour de plus amples informations. Merci encore.

*

* *

– De toute façon, il vous faudra bien vous expliquer devant Monsieur le Juge, alors maintenant s'il vous plaît, arrêtez de nier les faits. Avouez ! Vous voyez bien que tout est contre vous. Nous vous avons surpris prostré devant votre épouse poignardée, les mains pleines de sang, et vous persistez à dire que vous n'êtes pas son meurtrier. Soulagez votre conscience, mon vieux, Votre voisine est prête à témoigner de vos querelles incessantes. Avouez, mais avouez donc, nous gagnerons du temps !

– Mais comment as-tu pu faire une telle boucherie, sale enfoiré ? Ah si je ne me retenais pas !

– Bon Julien, je t'en prie, reste un peu professionnel ! Ce n'est pas en l'insultant que les choses vont avancer.

– Ouais peut-être, en tous cas, moi ça me soulage. Les ordures qui traitent leurs femmes comme ça, je ne supporte pas !

– Je n'ai pas tué ma femme. Mais puisque je vous dis que j'étais à la pêche. Quand je suis revenu, je l'ai trouvée comme ça.

– Et tu t'es empressé de te rouler dans son sang, sale fu…

– Ça suffit maintenant, Julien, calme toi. Va jeter un coup d'œil dans le garage, pour vérifier si le moteur de sa voiture est encore chaud, par exemple. Bouge-toi quoi, rends-toi utile !

– Je n'ai pas utilisé la voiture ce matin, j'ai pris mon vélo.

– Bon Chef, je vérifie quoi alors. Son alibi ne tient pas debout. Ce n'est pas la peine de s'échiner pour un pourri pareil.

– Arrêtez de m'insulter ! JE N'AI PAS TUÉ MA FEMME !

– Oh, oh, tu ne hurles pas, s'il te plaît ! Personne ne t'a vu au bord de la rivière ? Ou sur la route ? T'as ramené du poisson, au moins ?

– Non ! Je n'ai pas eu cette chance. Pas une touche. Je suis trop nul. Oh quel dommage, mais quel dommage ! Si seulement un simple gardon avait pu mordre à l'hameçon, vous m'auriez cru.

– Oui, sans doute, peut-être ? Mais pour l'instant, ce n'est pas le cas, votre histoire de pêche nous parait un peu fantaisiste. Et ce n'est pas la première fois qu'on nous la sert. Votre version des faits est bien fragile, mon vieux, il va vous falloir avouer ou être un peu plus convaincant. Bon, Julien, en attendant, par acquis de conscience, va tout de même jeter un œil dans ce garage.

– Ok, ok, c'est toi le chef !

Au tout début d'une enquête, les premières constatations sont bien souvent déterminantes et rien ne doit être ignoré.

Le gendarme, retrouvant sa conscience professionnelle, relève sur son calepin la présence du matériel de pêche trouvé sur l'établi : une vieille canne en fibre de mauvaise qualité, un ancien sac à main de l'épouse « assassinée », rafistolé, dans lequel se perdent quelques malheureux hameçons, des lignes entortillées sur des palettes de bois, des plumes défraichies ou cassées, une bobine de fil nylon et tout un assortiment de plombs baignant dans des restes d'amorce, une bourriche en mailles de fer rouillées qui n'a retenu aucune trace d'humidité et, pour finir, une boîte d'asticots en plastique vert. « Un bien piètre pêcheur », ironise Julien.

La porte basculante du garage est restée grande ouverte et donne sur la rue. Le gendarme examine avec soin les divers objets. Après avoir remis en place le vieux fourre-tout innommable, il saisit le petit récipient au couvercle perforé pour en inspecter l'intérieur. Quand soudain, à l'extrême bord de son champ de vision, une forme blanche. Ou plutôt une robe blanche. Il est jeune encore et c'est un prédateur. Son tableau de chasse est déjà bien satisfaisant mais il n'est jamais rassasié. Le serait-il un jour ? Pourrait-il un jour se passer de cette collection de jolies femmes ? Dans l'encadrement de la porte, baignée de lumière, la robe blanche, légèrement transparente, est une apparition si délicieuse. Son appétit de mâle lui bâillonne la raison. Alors il regarde franchement la passante qui ralentit un bref instant et lui rend son sourire. *Une courte seconde d'inattention*. Il en oublie la boîte de plastique vert et sa main la repose à sa place.

La jeune femme a continué son chemin, petite fée fugace. L'esprit malmené du gendarme replonge d'un coup dans les relents d'essence et de poubelles, parmi le pesant désordre du garage.

« Bon, ça suffit comme ça. Rien ici ne prouve qu'il dise la vérité. Vu le manque de soin de cet individu, tout ce fatras a pu être déposé là il y a des jours. Allez, assez tergiversé, c'est bien lui le coupable, on va pouvoir le coffrer ! »

*

*   *

Une larve de mouche, un asticot, gesticule et ondule sur le bois sale de l'établi. Il est sorti de sa prison, il est le seul à être libre. Mais pour lui rien n'a de sens, il mesure simplement inconsciemment que cette clarté soudaine est un danger, alors il se met en quête de l'obscurité perdue qui le protégera.

Bientôt tous ses congénères suivront ce premier évadé que le bouillant gendarme n'aura pas su voir.

Au bord de la rivière, avant d'enfourcher son VTT pour rentrer, le pêcheur a jeté son vieux sac en bandoulière sur son épaule, il a lié par un tendeur sa canne à pêche au cadre de sa bicyclette. La boîte de plastique vert accrochée à sa ceinture, négligemment laissée entrouverte le temps de la pêche, est restée ainsi durant tout le trajet de retour. Arrivé dans son garage, il s'est débarrassé de son matériel sur son établi et il a omis de refermer cette fameuse boîte d'asticots que Julien le gendarme près d'une demi-heure plus tard a manipulée quelques secondes avant de la redéposer, son esprit enfui dans un abîme aux délices prometteurs.

Si ce peu digne représentant des lois humaines avait su conserver sa concentration, ces minuscules appâts sans grande valeur auraient pu devenir très importants. Si, comme Julien s'était empressé de le penser, ce matériel de pêche se trouvait là depuis des jours, aucun asticot ne serait resté présent dans cette boîte entrouverte. Il était clair que le malheureux pêcheur revint chez lui peu de temps avant l'inspection du gendarme pour que les asticots commencent juste à s'échapper. Pour un enquêteur plus efficace et perspicace, cette larve à l'existence dérisoire ondulant sur l'établi constituait bien un indice de preuve, aussi infime soit-il, venant étayer les dires de ce pauvre mari accusé de meurtre ce qui, sans doute, l'aurait définitivement disculpé.

À propos d'Un horizon à l'autre

Cette histoire a participé à trois ou quatre concours avec des thèmes totalement différents, et sous deux titres.

Je l'ai proposée à diverses reprises au site Oniris.be *qui, étrangement, me l'a souvent refusée, les lecteurs de ce site lui attribuant pourtant des commentaires élogieux quant à l'écriture et la poésie qui s'en dégageait...*

J'ai vu et revu maintes fois cette nouvelle. Après en avoir rédigé six ou sept versions, celle que je vous présente maintenant, sans aucun doute la plus légère, la plus proche de ce que j'avais en tête, sera par conséquent, et en tous les cas, la dernière.

La photo de couverture de ce recueil, créée par ma compagne Carole, illustre à mon avis parfaitement ce qui est raconté dans ce récit. Seulement, chose étrange, à aucun moment, il n'y eut concertation entre nous, chacun ayant travaillé de son côté. Une simple coïncidence, me direz-vous. Par quelle tresse bien réelle mais invisible une petite touche de mystère est-elle venue se glisser entre nous ? Que cet accroc insolite dans le voile de la réalité ne gâche surtout pas votre lecture !

D'un horizon à l'autre

À trop aimer l'horizon, ce rêve bleu où je croyais suivre ma destinée, à trop vouloir demeurer sur cette frontière imaginaire qui toujours m'échappait, à trop chercher à me garder entre deux mondes, sur le fil d'une lame aux reflets de ses faces tout autant séduisants, j'avais fini par n'être plus nulle part, en un voyage gris immobile, et sans mobile.

Le temps s'étirait, je n'en percevais plus le cours.

Durant de brefs instants, j'eus la sensation d'une chute lente vers une boule immense flottant sur un océan noir. Je perçus nettement au fond de moi cette sphère plus sombre qui m'attirait. Il semblait jaillir d'elle des musiques dissonantes.

Mais ces fugitives images et ces sons se retirèrent et de nouveau je fus réduit à laisser le vide m'anéantir chaque seconde davantage.

Longuement, le temps s'étira. Jusqu'à ce que…

Deux êtres à l'éclatante lumière se dirigèrent vers moi. Ce fut sans doute cette brillance qui me les fit distinguer au travers du kaléidoscope nébuleux qui m'enveloppait. Un court moment, je crus pouvoir ignorer leur présence jusqu'à les oublier totalement. Mais ils me fixèrent et quand leurs regards fragmentèrent le magma informe qui me composait, il y eut en moi un hurlement puissant. J'éprouvai une sensation que je pensais effacée depuis une éternité, des griffes de souffrance me déchiraient. Mais ce mal qui semblait lacérer ma conscience ne provenait pas de ces deux êtres, il était en moi, je le savais. Il naissait de leur présence de si riches couleurs, il s'en dégageait une telle noblesse, une telle plénitude, ce qui témoignait de leurs qualités parfaites, que, malgré ces piqûres douloureuses, je me surpris à les envier, à ressentir pour eux une attirance indéfinissable et forte.

Mais je me disloquai davantage encore, ignorant mes maigres souvenirs, mes quelques repères pour tenter un quelconque contact avec eux. Il y avait si longtemps que j'avais quitté les verts ombrages, les constructions fluides et opalescentes des Cités, si longtemps que je ne voyais plus que moi. L'incommensurable horizon m'avait capturé, sa prodigieuse splendeur m'avait submergé et le temps ne comptait plus. Tout était si bleu alentour. Comment aurais-je pu communiquer, et avec qui ? Ne subsistait en moi rien de plus que le désir de disparaître.

– Tu dois nous suivre, émit l'un des deux êtres d'une parole bienveillante.

Des échos fascinants plongèrent dans les cavernes désertées de ma mémoire.

– De ton plein gré serait le mieux, poursuivit le second.

– Si tu n'en es pas capable, nous t'aiderons.

– Si tu refuses, nous t'obligerons.

J'eus beaucoup de mal à comprendre le sens de leurs mots. Je sentais leur emprise légère mais néanmoins rigoureuse et je tentais malgré moi de m'y soustraire, m'accrochant aux derniers fragments du vide. Épuisé, je m'entendis bientôt leur avouer :

– Tout est si… embrouillé… je ne peux pas.

– Bien, nous allons t'emmener. Ton état est critique. Le remède en sera d'autant plus contraignant. Comprends-tu ce que cela signifie ?

– Si… si vide… j'ai oublié… oublié des choses.

De nouveau absorbé par le mirage bleu, je perdis le fil.

Quand je repris conscience, nous nous déplacions déjà à une allure rapide. Je n'étais plus habitué à une telle vitesse et j'eus le sentiment désagréable de me distendre. Je pus percevoir que nous descendions.

De petites tours transparentes dominant des volumes graciles, éthérés, des façades aux volutes entrelacées, des bulles géantes réfléchissant le mordoré de l'espace environnant, les deux êtres lumineux m'entraînaient vers une ville gigantesque aux édifices à la géométrie idéale que je reconnus peu à peu. Mais j'aurais aimé ne plus me souvenir de ses teintes éblouissantes car, à mesure que nous nous en approchions, mes regrets devenaient plus vifs.

Nous atteignîmes un sol au vert tendre, ombragé par une végétation foisonnante. Une activité exubérante régnait sur chaque allée, devant chaque ouvrage dont l'architecture paraissait s'être élancée sans entrave, jaillie de la mine débridée du plus excentrique des artistes. Des bruissements exquis, le chuintement clair de voix, des musiques comme un voile limpide, des notes élevées d'une délicate harmonie, tout contribuait à la félicité et à mon étourdissement. J'étais revenu en cette merveilleuse Cité du Devenir, l'une des innombrables mégapoles où fleurissait l'esprit.

J'avais peine à demeurer conscient. Je ressentis bien la présence de personnes autour de nous mais je ne pus en voir réellement qu'une infime partie, comme si j'avais perdu toute capacité à concevoir l'intégralité des choses, comme si les myriades de pensées et sensations composant les êtres surgissaient et disparaissaient sans cesse, pareil à un décor mutilé par des trous de néant, une maison spirituelle en ruine. Les plus proches tournèrent leur regard vers moi, chacun à sa manière m'enroba d'une ouate de sollicitude. Je me surpris à éprouver un sentiment étrange, comme un dégoût de moi-même, ce qui ne fit que renforcer leur compassion. Les deux êtres qui m'enserraient étaient dans le vrai : je n'allais vraiment pas très bien.

– Nous y sommes. Tu vois ce bâtiment. Saches qu'au moment où tu entres ici, aucun retour en arrière ne te sera possible. On t'y offrira peut-être encore un dernier choix mais nous ne pensons pas que ton état te laisse envisager une quelconque indulgence.

Mes gardiens retirèrent leur étreinte et je les vis s'envoler très haut, disparaissant vers l'azur immaculé.

Je pris le temps de regarder autour de moi. La Cité resplendissait de milliers de cristaux étincelants. Je me voyais comme inondé d'éclats, mon regard se multipliait à l'infini, j'aurais pu percevoir le bouillonnement de milliards d'étoiles, entrevoir les tournoiements de chacun de leurs atomes. C'était la valse impétueuse de la vie, il me semblait être en présence de la Vie même.

En ces infimes secondes, je perçus en moi le souffle immense de la liberté, l'intuition stupéfiante de me trouver là devant le royaume insondable de tous les possibles.

Je fus transporté d'une joie immense, enfantine ; des images bouleversantes défilèrent en moi à une vitesse folle. Je plongeais dans des vagues d'océan, je roulais dans des herbes blondes, je courais en frappant les pieds dans des nids de feuilles mortes, des carrés de ciel tournaient sous mes yeux ébahis, nuages blancs, gris, noirs, gonflés d'orage, piqués de rais de lumière, parsemés d'oiseaux aux ailes tendues, tourbillons de plumes plongeant et planant dans le vent. Je me revoyais riant aux éclats, souriant à des êtres d'une beauté exceptionnelle, bavardant, jacassant, délirant, cherchant à éblouir les uns et les autres de mes mots insensés, séduisant, charmeur, effronté, imbu, gonflé d'un orgueil imbécile…

Puis soudain, l'impression d'un violent coup de trique au beau milieu des yeux, tout devint pâle et terne.

Un grand personnage aux scintillements bleutés me fixait, son regard me pénétrant d'une manière intense. Au fond de moi résonna sa voix douce mais inflexible :

– Vois-tu ce qui t'était promis, la liberté, le présent sur une ligne infinie ? Tu l'avais au creux de toi cette liberté, ce joyau né des enseignements de ton passé. En ces Cités d'espace et de temps illimités, c'était pour toi le départ d'une nouvelle phase de ton évolution… Mais tu as failli.

Ces mots, plus que l'arrêt instantané des images, me sonnèrent, me donnèrent le sentiment que mon sort était réglé. Lentement, sans vraiment m'en apercevoir, je suivis l'être bleu à l'intérieur de l'immense construction. Nous pénétrâmes alors dans une salle gigantesque aux murs très élevés qui émettaient une terne lumière, un lieu qu'on aurait dit plus en harmonie avec ce que j'étais devenu.

Je me ressaisis alors et plein d'amertume je lançai :

– Je ne comprends rien… Qui êtes-vous et qui vous permet de me traiter ainsi ?… Que me reprochez-vous, à la fin… ?

– À ce niveau du Monde, nous devons observer trois grandes Lois. T'en souviens-tu ?

Les mots revenaient en moi, bien plus fulgurants.

– Pourquoi devrais-je m'en souvenir ? Apparemment, que je les connaisse ou pas ne vous empêche pas de les appliquer.

À peine ces paroles prononcées, je fus soudain pris d'une incoercible nausée, un vertige me fit vaciller. De même qu'à travers un carré de verre déformant, j'eus la terrible vision, floue et éparpillée, de mon interlocuteur m'écrasant d'une poigne immatérielle. Mais je savais bien qu'il n'était en rien responsable de cette horrible sensation. J'étais saturé de ces illusions qui naissaient de mes insuffisances, elles projetaient mes propres difformités sur les autres êtres, créant ainsi de nouvelles distorsions de ma réalité.

– Rien ici ne pourra jamais te permettre d'être aussi arrogant. As-tu oublié que chaque pensée est créatrice, de bonnes comme de mauvaises situations ? Te reste t-il si peu de choses ?

Il semblait sincèrement navré par ma réaction.

Coupable et victime, jugement et châtiment, j'étais malade de ce va-et-vient incessant de mes états d'esprit.

– Quelles… quelles sont ces Lois ? Soufflai-je groggy.

– Ce ne sont pas à proprement parler des lois mais plutôt trois grands domaines où chacun doit s'exprimer de la meilleure manière possible. « La meilleure manière possible », voici la Loi maîtresse et elle s'applique à tous les niveaux. Ces trois domaines sont : la conduite de l'existence, la vie avec les autres, la connaissance. Meilleure est la conduite d'une existence, plus harmonieuse est la vie avec les autres et ainsi, tous ont accès à la véritable connaissance qui permet l'évolution.

– Et… en quoi ai-je failli ?

– Comprends-tu par ces questions que tu poses combien tu as perdu de ta connaissance ? Tu as laissé ta conscience se perdre, tu n'as donc pas suivi la Loi maîtresse dans le troisième domaine. Comment imagines-tu qu'un esprit puisse exister ? En dehors de la connaissance, un esprit n'est rien. Un esprit sans connaissance aboutit au néant. Que pensais-tu devenir lors de ce voyage interminable vers l'horizon bleu ? Que croyais-tu faire de ton existence ? Bien sûr, comme tout ici, ce voyage ne t'était pas interdit, il t'aurait permis le détachement, l'oubli de toi-même ; tu aurais pu apprendre davantage par le silence et la paix, tu aurais pu en revenir revigoré, mais toi, tu en as fait une dérobade permanente, un art de vivre stérile. Un choix délicat qui t'aurait plongé vers l'effacement total. Tu as failli également dans le deuxième domaine puisque, par ce voyage, ou devrais-je dire cette fuite, tu t'es retiré de la vie communautaire où tu pouvais tant comprendre de toi-même et des autres. Tu as même fini par oublier cette notion primordiale que seules nos actions nous jaugent et nous jugent. Ton attitude a engendré inexorablement un retrait. Un retrait de quatre vingt années… Approximativement.

– Un retrait de quatre vingt… quoi ?

– Je ne saurais t'en enseigner davantage, tu dois maintenant retrouver une existence plus conforme à ton état d'esprit. Tu devras dorénavant réapprendre les choses par toi-même et d'une manière bien plus difficile. Que la Lumière éclaire ta lumière !

Le sol de la vaste salle se mit à descendre en pente douce. À peine remarquai-je mon mouvement irrésistible vers le bas que le majestueux personnage disparut, ainsi que l'accès par où il m'avait reçu. Un écran immatériel s'était tendu entre moi et mon récent passé. Il me fallait aller droit devant car derrière n'existait plus d'issue.

Des gens se trouvaient là, les uns hagards, semblant effrayés, d'autres totalement effondrés. Des guides aux couleurs froides et sombres triaient chaque rangée, orientaient lentement la multitude. Ainsi de longues files d'êtres entraient dans de curieuses structures oblongues. Je n'osai m'avancer mais poussé par je ne sais quelle force, bien que tout mon être refusât, je m'y dirigeai à mon tour.

– Pourquoi es-tu là ? Me questionna un individu chétif.

Je ne pris pas la peine de lui répondre. J'avais perdu l'habitude de m'exprimer et de toute façon je n'avais aucune information cohérente à lui donner.

– Tu repars pour combien ? Insista t-il.

Pendant ce temps, d'autres s'agglutinèrent derrière nous et je pus ressentir leur mal-être, détresse ou hostilité, un pénible mélange de teintes délavées, rebutantes, et de souffrance. J'avais réellement perdu le goût de la compagnie et le contact de ces congénères involontaires m'exaspéra.

– Alors, tu ne veux pas me dire ? Tu ne sais plus ? T'as perdu la mémoire ?

– Laisse-moi en paix, je ne comprends rien de ce que tu dis !

– Je veux bien te croire, tu as l'air si… disloqué. Tu as toutes les apparences de celui qui s'est payé une trop longue absence. Où sont-ils allés te repêcher ?

– L'horizon bleu.

– Oh, oh ! Ce n'est pas très bon, ça.

– Oui, je sais, les trois domaines, la Loi maitresse…

– Il faut que tu saches qu'ici nous a été offert le libre arbitre et que ses seules limites sont cette Loi maitresse à laquelle nul n'est censé échapper, même si elle est souvent ignorée. Elle existe pour réguler nos propres champs d'action soumis eux-mêmes aux instincts et aux désirs, ce qui nous octroie un ajustement idéal, quoique parfois un peu brutal.

– Ah ça, en ce qui concerne la brutalité, tu peux le dire, j'en ai fait l'expérience, il y a peu.

– La Purification, la Sainteté, ici c'est comme un leitmotiv, mais tout cela est pour notre bien. Tout est créé pour le Bien de tous même si cela peut sembler quelquefois douloureux. Cet univers n'est pavé que de bonnes intentions, enfin euh… je crois. Pour les uns, c'est un paradis, pour d'autres c'est l'enfer. Mais chacun peut comprendre ça à sa façon… Alors ce retrait, dis-moi, de combien ?

– Quatre vingt…

– Quatre vingt années ! Mon pauvre ami !

– Quelle importance puisque je ne sais pas de quoi il s'agit. Et toi ?

– Oh moi, je ne sais pas. Personne n'a daigné me le dire.

– Pourquoi ?

– Je suppose que ça fait partie du jeu. Sans doute pour moi la meilleure façon d'apprendre. La dernière fois, je suis revenu plus tôt que prévu. Excès d'imprudences, m'a-t-on dit. Je n'avais pourtant pas cette impression. J'adorais juste les sensations fortes. Il fallait bien pimenter un peu mon sinistre séjour. Mais ça apparemment, ce n'est pas très apprécié non plus. Alors bing, un petit temps de repos en ces Cités merveilleuses et me revoilà ici, près pour un nouveau retrait.

– Attends ! Tu serais revenu plus tôt… d'où ?

– Tu ne sais pas ça non plus ?

– Te fiche pas de moi ! Je suis vide, tu comprends, vide… Je n'ai même plus les mots pour t'expliquer.

– Désolé ! Sincèrement désolé. Je ne cherche pas à t'offenser, crois-moi, je suis juste étonné, c'est tout. Tu devais être sur l'horizon depuis très longtemps alors ?

– Je n'en sais rien. Mais trop sans doute. Bien trop de temps. Mais comment pourrait-on comprendre ? C'est si inimaginable d'être là-haut quand on n'a pas vécu cette sensation, ce fabuleux vertige. Et ça, crois-moi, je le sais très bien. Je ne l'oublierai jamais.

– Oh, oh, dis donc, mais tu m'as l'air bien redescendu parmi nous tout à coup. C'est drôlement excitant ton truc. Vas-y, raconte !

– Je veux bien mais tout est si flou, j'ai oublié des choses, je n'ai que quelques bribes d'avant cette période… Je me souviens seulement d'avoir un grand besoin de repos… Juste me détacher de ces incessantes souffrances. Je distingue à peine en moi ces gens qui me conseillaient de le faire, tous ces êtres que je pensais supérieurs mais qui, en définitive, n'avaient fait que me précéder en ce monde. Tous me désignaient ce lieu vide où je pourrais me laisser dériver, où je parviendrais à une totale abstraction de moi-même. Et bientôt, peu à peu, je suivis leurs avis, je rejoignis les espaces sans limite de l'horizon bleu. M'apparurent alors des rayons aux teintes flamboyantes, opales, roses, orangés, mauves et pourpres. Chaque couleur s'harmonisa au rythme de mes désirs, mes pensées se colorèrent, elles m'enveloppèrent et m'accompagnèrent comme des êtres à part entière. Mais avec le temps elles se raréfièrent, le bleu intense de l'horizon en élimina une grande partie, en épura le flot. Elles furent de plus en plus simples et je devins le bleu moi aussi. Je ne voulus plus rien connaître d'autre. Bientôt je ne pensai plus à rien. C'est si facile de ne plus rien ressentir, ne plus obéir à personne, sans aucun compte à rendre. Le vide m'emporta alors, très haut, très loin et je me souviens avoir voulu à mon tour être le vide, le mirage prodigieux de l'horizon. Mais chacun de mes désirs pour me rapprocher de lui tout au contraire m'en éloigna. Ce fut une sensation fabuleuse, une cruauté inouïe, ce besoin permanent de le toucher alors qu'il m'échappait sans cesse. J'en oubliai la vie, le temps, ce pourquoi j'étais là, mes rêves les plus purs, mes buts enfouis. Chaque instant davantage je cherchai à poursuivre ce sourire et cet effroi au fond de moi. Et puis je finis par entrevoir le néant, ce qu'il était réellement, cette perpétuelle obsession de nonconscience. Je m'évanouis lentement dans le mystère de ce désir unique et impérieux et j'étais prêt à me fondre à jamais au bleu énigmatique de l'horizon.

– C'est vrai qu'il est plus facile d'être rien que quelque chose. C'est la paresse suprême ! Tu es devenu complètement fou ! Je comprends mieux maintenant pourquoi ils sont venus te récupérer. Tu allais disparaître, tu sais. Oh, tu me glaces, personne ne doit finir au néant, crois-moi !

– Oh ça va ! Pour la leçon de morale, j'ai déjà donné. Mais tu vois maintenant, en te relatant mon curieux voyage, je suis sûr d'avoir compris certaines choses essentielles et je ne crois vraiment plus à cette disparition que vous semblez tous tant redouter et à laquelle, d'après vous, il me fallait absolument échapper. Contrairement à ce que vous pouvez croire, je pense qu'au-delà de ce néant, un autre monde existe… J'ai eu souvent d'étranges visions, une boule immense…

– Comment peux-tu imaginer de telles folies ? C'est vers plus de conscience que nous devons tous évoluer, non vers le néant qui est son contraire. Et cela, que nous le voulions ou pas !

Imperceptiblement, durant cette conversation, nous nous étions avancés jusqu'à l'entrée de l'alvéole qui nous était destinée. À droite comme à gauche, il y en avait des centaines. Marionnettes aux fils invisibles mues par de puissantes forces inconnues, nous nous dirigeâmes vers elles sans plus aucune volonté et, quel que soit notre niveau, avec le seul sentiment qui nous étreignait tous : la peur.

À faible distance, un des guides retenait un individu étrange qui hurlait et se débattait, cherchant violemment à fuir l'étau de son cerbère. Outre ses gesticulations et ses cris, attitudes qui demeuraient tout de même exceptionnelles en ce lieu, le plus étonnant en ce personnage était qu'il ne nous ressemblait pas. De dimensions variées, de multiples couleurs, selon l'évolution de notre conscience, en général notre apparence était celle d'un agglomérat sphérique de grains de lumière, plus ou moins dense, fluctuant aux rythmes des émotions et des pensées. Cet être, lui, avait un « corps », cette sorte de bouillie répugnante dont je me revis un court instant affublé, bien malgré moi, dans un miroir fugitif qui jaillit soudain du fond de ma mémoire. À moitié effacé, grisâtre, on reconnaissait pourtant bien le tronc et la tête, tandis que les extrémités des membres disparaissaient dans un noir angoissant.

– Regarde-le, on dirait qu'il est sur le grill. Il vient juste d'arriver, il laisse encore son corps émerger, il ne doit même pas en être conscient. Tu as vu comme il se tortille.

– C'est horrible !

– Il a dû fuir une situation terrible. Il se croit toujours en train de la vivre. Sans doute un suicidé. Ils le renvoient aussitôt sans période de repos, sa prochaine incarnation en sera fortement marquée.

– Incarnation ? Que veux-tu dire par… incarnation ?

– Tu ne sais vraiment pas ce qu'on fait ici ? Tu as oublié jusqu'à ça ? Malheureux ! Mais tu ne peux pas repartir seul.

– Oh, je ne comprends rien… Tout est si vide.

– Veux-tu que je reste avec toi ? J'ai quelques réminiscences de mes anciennes expériences. Quand nous sommes là-bas, tout devient compliqué et douloureux mais avec le temps, avec un peu de volonté et une relative maitrise de nos pulsions, ce n'est pas si désagréable. Me veux-tu comme ton guide, ton frère, ton ami, ton amant, ton âme sœur… ?

– Je ne sais même pas où l'on va !

– Ne t'inquiètes pas, tu vas bientôt être fixé et crois-moi, ce n'est pas si terrible. Les premiers temps, tu es souvent très entouré, il arrive même que tu sois très aimé.

Nous étions maintenant au creux d'une des alvéoles, un sale endroit aux ombres lourdes. Voletant sur des nappes de sonorités graves, sur de larges et pénétrantes vibrations, des percussions lentes, en suspension au dessus de gouffres mélancoliques, nous traversions des rideaux de sonnailles infimes, des frémissements de liquides purs et clairs. Comme nous, flottant sur ces sons austères, les « passeurs », des êtres aux gestes pour moi incompréhensibles, s'affairaient près de multiples filaments translucides jaunes, ondulants, dont l'extrémité la plus éloignée se fondait en un espace effacé.

Mon compagnon bavard se mit à discuter avec l'un d'eux tout en me regardant. Bientôt le passeur s'approcha de moi et me dit :

– Je ne vais pas te proposer de choisir ta destination, tu es en bien trop piteux état pour le faire. Désolé. Tu vas devoir nous faire confiance. Mais rassure-toi, nous agissons toujours pour le bien de tous ici.

– Oui, je sais, un paradis de bonnes intentions qui mène droit à l'enfer !

– Ne prends pas les choses de cette façon. Ton camarade a plaidé en ta faveur. Une fois là-bas, tu auras peut-être une chance de le reconnaître. Essaie de le retrouver, il aura sans doute une bonne influence sur toi. Mais je ne peux t'en dire davantage. En tous cas, quoi qu'il arrive, ouvre grand ta conscience et utilise toujours ton intuition, le simple bon sens. Apprends vite à interpréter les signes et deviens quelqu'un de bien. Laisse-toi aller à présent et n'aie aucune crainte, ce sera rapide !

Un petit nuage de brume rose naissant de nulle part vint tournoyer autour de moi. Se mêlant à cette vapeur enivrante, la sphère de poussière blafarde qui formait mon identité se désagrégea lentement. Je sentis le peu de conscience qui me restait se défaire des idées, des angoisses, de mes plus infimes désirs. Absorbé par les filaments jaunâtres, en même temps que les dernières notes cristallines qui nous accompagnaient, ce qui subsistait de moi disparut peu à peu.

« C'est stupide, pourquoi m'arracher au vide de l'horizon s'ils me renvoient vers le néant ? » fut ma dernière pensée tandis que mon âme s'engouffrait dans l'oubli.

*

*   *

Il était une fois une boule immense flottant sur un océan noir.

Il faisait doux encore et la descente était lente et paisible.

Une majestueuse lumière semblait se cacher derrière ce globe scintillant de millions de piqûres étranges et minuscules. C'était le côté de la nuit.

Il fallait descendre encore, s'approcher davantage, jusqu'à cet instant où une ligne courbe se dessinait, jusqu'à ce point précis où la luminosité de ce soleil proche défiait les espaces obscurs.

Seconde après seconde, l'astre brillant diffusait ses radiations ; toutes venaient frapper la multitude de poussières en suspension dans l'atmosphère, celles à ondes courtes se dispersant plus aisément parmi les différents gaz, le haut de l'horizon se colorait ainsi d'un bleu intense.

Un peu plus bas, le lever du jour faisait de cet horizon, frontière imaginaire où ciel et terre se mariaient, une couronne flamboyante.

Bien plus bas encore, toujours plus bas, parmi des centaines d'autres, une grande bâtisse blanche s'éclairait, caressée par ces premiers rayons brûlants.

De l'intérieur de ce bâtiment, s'éleva un timide vagissement.

« Et bien ! Voici que nous arrive une jolie petite fille ! »

À propos du monde au cœur du monde

Cette histoire a vu le jour à la suite d'un rêve que Sam, mon fils de cœur, m'a raconté. Après bien des péripéties intérieures, et en tentant de garder l'essentiel du message que ce rêve pouvait révéler, j'ai imaginé ce récit écrit un peu comme un conte pour enfant. J'espère que les grands s'y retrouveront également.

Le titre, par contre, a été créé par Sam, et je tiens à lui rendre cette paternité.

Le monde au cœur du monde

Malgré ses dix ans passés, P'tit Luc n'était pas tombé de la dernière pluie. Il était bien trop souvent dans les nuages, alors on aurait même pu dire qu'il n'était pas tombé du tout.

Bien qu'il ne s'ébahisse déjà plus d'un rien, cette grosse bulle, tout de même, sortie des hautes herbes, quasiment de nulle part, l'intriguait bien un peu. Comme elle s'approchait de lui, il décida aussitôt que ce serait bien la plus chouette chose qu'il verrait aujourd'hui. Il ne ressentit donc aucune appréhension et fit à son tour quelques pas vers elle pour mieux savoir ce qu'elle était.

Car avant toute autre chose, depuis toujours, P'tit Luc voulait comprendre. À peine sorti du nid chaud de sa maman, à peine put-il distinguer les formes au travers du voile de ses premiers instants, qu'il cherchait déjà à identifier ce qu'étaient ces deux amusantes petites créatures aux cinq appendices qui s'agitaient devant son regard.

Quelques jours plus tard, ayant sans doute déjà résolu l'énigme de ses mains, il voulut en apprendre davantage sur cette gracieuse beauté qui passait et repassait devant lui, en émettant sans arrêt des bruits de toutes sortes, quelquefois fort drôles d'ailleurs. Bien vite, il fit le lien entre un certain son qui revenait souvent, prononcé par cette personne, la plus douce qu'il eut connue, et lui. Et en quelques semaines, il acquit la certitude que ce son le désignait, que cette personne qui lui procurait tant de bien-être et de joie était sa maman et que c'était à lui qu'elle s'adressait sans cesse par ce son : Luc, son prénom.

Et ainsi pour tout. En grandissant il ne perdit jamais de cet intérêt qu'il avait pour chaque chose. Un caillou, une herbe folle, ses voitures miniatures et leur mécanique si hautement complexe, les écritures sur le carton de ses céréales, les flammes derrière le verre de l'insert, le vent si étrangement invisible qui faisait se balader les feuilles, tout devint pour lui sujet d'étude.

La bulle, maintenant à portée de main, était bien plus grande qu'il avait cru tout d'abord. Il se dit qu'elle pouvait le contenir. Elle avait une consistance un peu flasque, une apparence fragile mais qu'aucun brin d'herbe pourtant ne parvenait à pénétrer.

Il s'en approcha davantage car quelque chose au travers de sa transparence rosée l'étonna. Dès qu'il fut à quelques mètres, il vit à l'intérieur un petit corps avachi au visage endormi, ou peut-être évanoui. P'tit Luc sourit. Et puis se mit à rire. Car, second trait le plus marquant de son caractère après ce besoin de tout comprendre, P'tit Luc ne pouvait vivre sans rire, ou du moins sourire. Il s'esclaffait de tout, en toute occasion, et pour des raisons que lui seul connaissait. Le petit bonhomme chétif endormi dans sa bulle molle lui semblait tellement insolite, tellement drôle. Il en ferma les yeux de ravissement.

Le temps tournait à l'orage. Un brin de soleil, un rien de chaleur, en ces étés tous plus pourris les uns que les autres, et le ciel se transformait en une grosse éponge grise et noire que de gros doigts invisibles finissaient par tordre pour que se déversent des gouttes lourdes et lassantes. Mais P'tit Luc était bien habitué à ce nouveau climat mouillé des pays tempérés et sa capuche vite remontée sur ses cheveux blonds constamment en bataille, il continua son observation bien peu ordinaire.

La pluie se mit à tomber, sans délicatesse, faisant gesticuler les herbes, picorant la surface de l'étrange bulle de petits cratères instantanés. L'être qui se trouvait à l'intérieur s'éveilla. Il écarquilla de grands yeux fins et étirés qui lui prenaient un bon tiers du visage. Son nez minuscule frémit, sa bouche minuscule s'ouvrit d'un tout aussi minuscule bâillement et ses longs bras se déroulèrent par dessus sa tignasse bleue en un étirement cocasse.

Les regards de l'enfant et de la créature se croisèrent un instant. Et puis ne se quittèrent plus. Leur curiosité était réciproque, leur amusement l'un de l'autre également, et ils ne s'étonnèrent nullement de cette rencontre, comme s'ils se reconnaissaient, comme deux bons amis perdus de vue quelque temps, comme les deux reflets d'une même âme brillants chacun de son côté sur le miroir de la conscience.

P'tit Luc tendit le bras, le drôle de bonhomme tendit le sien. L'enveloppe se laissa traverser sans perdre de sa consistance. La main venue de l'intérieur effleura un instant les doigts du garçon, les apprivoisant. P'tit Luc avait une telle confiance en la vie, en tous ces êtres amusants qui se manifestaient en elle, qu'il n'avait jamais appris à se méfier. La main caressante sortie de la bulle se referma soudainement sur son poignet frêle. L'être d'aspect si chétif se révéla d'une force incroyable. Il tira fermement l'enfant jusqu'à lui et lui fit franchir la peau souple de son étonnante demeure.

Hilare, P'tit Luc trouvait cette toute nouvelle aventure d'une époustouflante drôlerie. La surprise de ce rapt insolite passée, sans plus de crainte, il chercha instinctivement à se positionner confortablement dans l'élasticité de cette matière dont il appréciait déjà la douceur et la chaleur.

La pluie redoublait de méchanceté trempée mais les deux passagers n'en ressentaient rien. Après quelques secondes, leur bulle s'éleva au dessus du champ herbeux et monta vers le ciel de plus en plus rapidement. Elle traversa bientôt le plafond noir des cumulus percés d'éclairs. Très haut au dessus, d'un ample geste, le soleil semait ses grains de lumière à l'infini, éblouissant l'ondulation ouatée des nuages. La bulle devint dorée et frémissante. P'tit Luc ne savait où regarder tellement il y avait de reflets multicolores pour l'émerveiller.

Sans cesser de lui sourire, l'étrange bonhomme le dévisageait. Peut-être voulait-il lui parler, peut-être lisait-il dans ses pensées ? Pourquoi l'avoir ainsi enlevé, arraché de terre, et combien de temps ce voyage allait-il durer ? Dans l'esprit du gamin se débattaient des sentiments divers. Cette histoire était fantastique, toutes ces images qu'il engloutissait à chaque seconde de cette ascension étaient d'une beauté prodigieuse, ce qu'il vivait était extraordinaire mais il pensait également à sa maman qui devait déjà l'attendre et qui, au bout d'un moment, s'inquiéterait de son absence.

– On va où ? interrogea-t-il bientôt.

– On ‘a en ‘ala’e.

– T’as dit quoi ?

– On ‘a en ‘ala’e, ‘e ‘e dit ! ‘Ou’ oi, ‘u as ‘eu ?

– T’as un problème, toi, se moqua l’enfant. On comprend rien, il t’en manque des bouts.

– ’On, ‘e ‘assu’e ! ‘E ‘a’le ‘o’ale’ent.

– Quoi, tu parles normalement, t’es trop rigolo, toi !

– A’! ‘O ‘i’ait ‘‘e ‘u ‘om’’en.

– C’est vrai, c’est bizarre ça ? Je comprends rien de ce que tu dis mais je comprends quand même.

– ’U ‘ois !

– T’es un drôle de gars, toi. Dis, il faudrait peut-être pas aller trop loin, y’a ma mère qui va s’affoler si je ne rentre pas bientôt.

– ’e ‘in’’ié’es ‘as, ‘e ‘emps ‘est ‘as ‘a’eil !

– Le temps n’est pas pareil, c’est ce que tu as dit ?

– Oui !

– On dirait que ça s’améliore, dis donc !

– Oui, ‘e m’adapte à ‘es pensées !

– Alors, c’est quoi, cette histoire de temps pas pareil ?

– Di’ons que dans ‘ette bulle, le temps s’arrê… Oh et puis zut, c’est comme ça dans toutes les bonnes vieilles histoires de science-fiction. Vous ne lisez plus, comment pourriez-vous savoir ?

– T’as vu, tu parles normalement maintenant.

– Oui, oui, je sais, j’en avais assez de ce langage d’arriéré que « tu » voulais que je parle.

– Comment ça, que je voulais que tu parles ? C’est pas moi qui t’ai dit de laisser la moitié des mots dans ta bouche.

– Ah oui ! Monsieur l'humain se pense peut-être très intelligent, il croit tout connaître. Mais il n'en est rien. Tu ne sais rien de rien, bonhomme.

– Mais je ne suis qu'un enfant ! Je peux pas tout savoir, c'est toi qui est trop nul de pas avoir vu ça.

– Un humain est toujours un enfant ! A dix comme à soixante dix ans. Vous ne savez même pas voir le flot d'âneries que vous pouvez émettre du fond de vos cervelles. Tout à l'heure, je parlais comme tu me voyais, c'est-à-dire comme un être ridicule. Vos pensées influencent le monde, votre réalité, crois moi, que vous le sachiez ou non. Moi, par pur courtoisie, je laissais ta vision me transformer. Mais ça suffit maintenant, ce n'est pas parce que j'ai l'air minable à tes yeux que je le suis. Dorénavant je tiens à garder le contrôle. Cette petite balade n'est pas un jeu.

– Je n'ai jamais pensé que tu étais minable, tu te trompes. Marrant peut-être, mais c'est pas ma faute si t'es rigolo à regarder !

– Oui, oui, bon, de toute façon, tout ceci n'est pas grave. Il y a des choses bien plus importantes. Je ne t'ai pas emmené avec moi juste par hasard ou pour rigoler. Maintenant, fais le calme dans ton esprit et regarde autour de toi !

– T'es « sucetteptile », dis donc !

– C'est quoi ça encore, un mélange de sucette et de reptile ? « Susceptible » serait mieux. Et bien non, Monsieur l'humain, je ne me trouve pas du tout susceptible, juste un peu lassé par votre ignorance.

– Je m'appelle Luc. Toi aussi t'es ignorant, tu oublies la politesse. Bonjour, et s'il te plait, et merci, tu connais ? Et les présentations ? C'est comment ton nom, d'abord ?

– Comment veux-tu que je m'appelle ? Tu connais quelqu'un qui me connaît, toi ? Personne avant toi ne m'a jamais rencontré, pourquoi voudrais-tu que j'aie un nom, une telle chose n'a jamais eu d'utilité jusqu'à présent.

– J'ai jamais vu quelqu'un sans nom. Ou alors si, le chat qui vient sur le rebord de la fenêtre pour grignoter les croquettes que maman lui donne. T'es pas comme un chat, quand même ? T'es pas errant ?

– Bon, tu peux m'appeler…

– Ouah, regarde, c'est tout noir devant nous, on est dans l'espace. C'est la Terre en bas ? Comme elle est blanche, comme elle brille ! On dirait qu'on avance de plus en plus vite, on va pas sur la Lune quand même ?

– Non, le voyage devrait être un peu plus long. Mais je te le répète, ta maman ne sera pas inquiète car notre temps n'aura aucune incidence sur sa vie.

– Edgar ! Je vais t'appeler Edgar. T'as une tête à t'appeler comme ça, tu veux bien ?

– Génial ! C'est le premier don que l'on me fait. Edgar ! C'est un prénom fantastique ! Vraiment, je suis très honoré. Grand merci, petit Luc.

– Pour les gens que j'aime bien, c'est « p'tit Luc ». Tu y es presque ! Bon, maintenant qu'on sait qui on est, tu peux dire où on va ?

– À l'autre bout de l'Univers, nous ferons juste l'aller et retour, c'est le seul moyen qui est en mon pouvoir pour te faire comprendre certaines choses et puis ensuite accéder à ton avenir.

– À l'autre bout de l'Univers ? À mon avenir ? T'es sûr que ta bulle va résister ?

– Elle n'est d'aucune matière, rien ne peut la détruire, elle vient d'Avant.

– D'avant quoi ?

– C'est un petit mystère que je tiens à préserver pour le moment. Maintenant regarde devant toi la magie des galaxies comme jamais aucun humain n'a pu la contempler.

Edgar était petit, une vingtaine de centimètres peut-être, et P'tit Luc s'en voulait bien un peu de passer pour un géant à côté de lui. C'est Edgar qui savait des tas de trucs et c'est lui qui était le minus. Pour P'tit Luc, ça ne collait pas. À peine sa pensée fut-elle émise que les choses changèrent. Et il put voir ce phénomène étrange de ses yeux, corps et esprit liés et séparés tout à la fois, assistant au spectacle d'une cause produisant son effet. Sa conscience, subtilement détachée de lui, comme un outil d'une précision infinie, enroba d'un voile intensément brillant son nouvel ami et le « sculpta » littéralement, le métamorphosa, lui donnant une dimension plus conforme à ce qu'il ressentait.

– Tu fais des progrès, garçon !

– Je suis désolé, ça a été plus fort que moi. Tu es comme moi maintenant. Je ne t'ai pas fait mal au moins ?

– Tout au contraire. Le Mal et le Bien, P'tit Luc, apprends que les bonnes idées n'en ont cure !

Sur un fond d'un noir d'une intensité époustouflante, d'une magnificence divine, des milliards de milliards de milliards d'étoiles défilaient à une vitesse incroyable, semblant converger toutes vers un même point, P'tit Luc et Edgar, infimes dans leur véhicule à la peau si fine.

– Tu es sûr qu'on risque rien, s'étonnait tout de même un peu le gamin.

Et comme pour apporter une réponse à ce doute de l'enfant, aussitôt, un soleil minuscule surgit devant eux, s'enfla rapidement jusqu'à emplir totalement leur champ de vision, masquant tout l'Univers de ses langues de flammes aux jaillissements vertigineux. Sans chercher le moins du monde à l'éviter, la petite bulle le pénétra, le traversa une fraction d'instant puis abandonna ce gros balourd de feu à son inconsistance, la fantastique vitesse de l'engin le propulsant loin derrière, lui rendant son insignifiante dimension, à jamais vers l'oubli insondable.

– Que peut la matière face à l'imaginaire ! Que peut l'immobilité face au mouvement ! Que peut le temps face à l'instantanéité ! Nous sommes les plus rapides, les plus invulnérables. Nous sommes d'Avant, OUHHOUHH… se mit à hurler Edgar devant les yeux exorbités de P'tit Luc.

– Dis, on va au moins à la vitesse de la lumière, là ? À l'école j'ai appris qu'on ne pouvait pas aller plus vite.

– Vos écoles sont vos miroirs, aussi ignorantes que vous. La lumière n'a aucune limite, c'est votre perception des choses qui est limitée. Là, on peut dire que notre vitesse est correcte et que rien ne presse car nous sommes où nous voulons être au moment où nous le voulons. Au départ et à l'arrivée, comme un photon unique étiré à l'infini.

– C'est un grain de lumière, ta bulle ?

– Non, pas vraiment, juste similaire par la taille.

– Comment on peut être dedans ? C'est impossible ! C'est bien trop microscopique.

– Lors de notre rencontre, je l'ai ajustée pour que tu puisses la voir et embarquer. Puis je lui ai rendu ses mesures initiales. Tu ne t'es rendu compte de rien, n'est-ce-pas ? J'ai agi exactement comme tu as si bien su le faire pour moi pour que je t'apparaisse moins minus. Tout n'est qu'une question d'imagination. S'il me plaît de penser que nous sommes à l'intérieur d'une chose de la taille d'une particule de lumière, nous y sommes.

– Et c'est comme ça que tu espères nous emmener dans le futur, en allant aussi vite ?

– Qu'as-tu encore appris en classe ?

– Non, là, c'est pas à l'école, je l'ai lu dans : « Scientifique-Junior ». Tu connais ?

– Non !

– C'est dans ce magazine qu'ils disaient qu'à la vitesse de la lumière, le temps ralentissait. J'ai peut-être pas tout bien compris. Ben, dis donc, on n'est pas arrivé dans le futur si les secondes se rallongent.

– Il est vrai qu'à cette vitesse, le temps ralentit mais seulement pour quelqu'un qui se rend jusqu'à un point très éloigné. Pour les gens restés sur Terre, les jours passent normalement, mais pour nous qui nous déplaçons, ils défilent beaucoup plus lentement. Des dizaines d'années pourraient s'écouler là-bas que tu ne prendrais pas une ridule ici.

– Mais je ne veux pas y aller dans ton futur. Ma mère sera vieille ou peut-être mor… Ramènes-moi à la maison maintenant, ça ne m'amuse plus du tout ton truc !

– Ne t'angoisse pas, P'tit Luc, nous serons de retour à l'heure de ton goûter, je t'assure. Nous sommes à bord d'une particule particulière, elle vient d'Avant, elle peut se jouer du temps et cela n'a rien à voir avec la relativité.

– C'est quoi cet « Avant », tu peux me le dire à la fin ! Je n'y comprends rien. Tu me fous la trouille, Edgar, je veux rentrer chez moi maintenant.

– Nous n'allons pas faire demi-tour si près du but. Tu ne remarques rien ?

– Ben si, il fait de plus en plus… Je n'arrive plus à voir quoi que ce soit. Les étoiles, les galaxies, tout commence à disparaître, c'est normal ça ?

– L'Univers n'est pas plat comme beaucoup d'astrophysiciens le pensent, c'est une bulle lui aussi, avec des contours très précis, d'une courbure impossible à appréhender tellement il est gigantesque, et en extension bien sûr mais pas infini du tout. Nous sommes parvenus à ses frontières. Comme chaque galaxie, chaque étoile, chaque grain de matière, notre véhicule, nos enveloppes charnelles, nos paroles, nos regards, tout cela va bientôt se dissoudre. Reste bien concentré sur mes pensées et elles se dessineront en toi. Voilà, nous y sommes. Nous allons maintenant quitter l'espace et le temps.

*

*   *

Quand il n'y a ni avant, ni après, aucune seconde… Aucun endroit, aucune dimension… Pas plus de noir que de blanc… Ni obscurité, ni clarté… Pas de pensée, aucune idée, absence totale de conscience… Inexistence, néant, le grand Rien…

Avant que l'Univers apparaisse… Avant que de ce Rien inimaginable jaillisse un océan de lumière, l'extension de la matière… Avant que ce début improbable se poursuive indéfiniment…

Est-il possible que de ce Rien naisse quelque chose ?

Un effet sans cause ?

N'y a-t-il pas une information, une parcelle de savoir inscrite sur le vide, un programme, un code, une énergie enfouie ?

Est-il bien sensé de croire qu'un Univers aux constantes d'une telle précision, idéales, qu'une telle somme d'intelligence soit composée par le plus pur des hasards ?

Dans ce pseudo-néant, dans cette monstrueuse non-réalité, une singularité cachée dicte ses lois toujours nouvelles, invente une harmonie. Ici et là, elle sème les graines des mondes à venir.

Est-ce une distraction, une nécessité, un défi ? Est-ce un mouvement inconscient ? Mais de quoi… vers quoi ?

*

*   *

– Edgar ?

– Luc ? Tu m'as retrouvé ? Bravo ! Je suis très fier de toi !

– Edgar ? Où on est ?

– Dans ce qui de reste de nous, notre refuge indestructible, un peu de mémoire qui erre dans le pseudo-néant. Dans le non-être un peu de notre conscience d'avoir été…

– Mais je ne vois rien du tout.

– Je te l'ai dit, tu n'as plus de regard, tes paroles n'en sont pas. Juste des souvenirs. Alors, puises-en eux… Imagine !

–…

– Avant tout Univers, avant qu'apparaisse quoi que ce soit, il y a un nombre infini de possibilités. Imagine l'infini, ce nombre tellement immense, incommensurable,… qui pourtant n'existe pas. Le pseudo-néant est empli de ces valeurs qui ne sont pas.

–…

– Vois ces possibilités, toutes ces choses qui pourraient advenir si… si elles étaient imaginées.

– Edgar, c'est quoi ce point ?

– Un premier impact de ton imagination sur le néant. Bravo, c'est un bon début. Maintenant essaie d'agrandir ce premier résultat, trouve-lui une raison d'être là.

– Euh… ! Comment je fais ça… ?

– Qu'aimerais-tu qu'il devienne ? Cherche dans tes souvenirs, ou dans ce que tu n'as jamais connu.

– Je voudrais qu'il ait… envie de grandir pour comprendre tout de ce qui l'entoure.

– Très bien. Tu vas ainsi lui donner l'intelligence et le désir d'évoluer.

– Je voudrais qu'il ait toujours de bonnes idées, qu'il ne soit jamais mauvais.

– Ah ! Le regard d'un enfant !

– Je voudrais plutôt qu'il ait celui de ma mère.

– Alors il sera empli d'un amour inconditionnel. C'est une très bonne raison d'exister. Le moteur est là ! Imaginer tout ce que l'on veut mais surtout donner toujours une excellente raison d'exister.

– Il n'y a rien autour de lui. Il est seul. Je peux peut-être en imaginer d'autres que lui.

– Oui, bien sûr.

– Imaginer d'autres lui-même pour qu'ils se connaissent, qu'ils s'apprennent des trucs, pour qu'ils se comprennent, qu'ils fassent des choses ensemble.

– Regarde, P'tit Luc, je crois que c'est parti.

– Ouaahou ! Géniales ces lumières ! C'est moi qui aie fait ça ? On dirait des mini-étoiles. Et elles palpitent comme des petits cœurs. Et toutes ces couleurs, j'ai même imaginé les couleurs sans le savoir.

– Vraiment magnifique. Mais si tu veux que ces premières lueurs continuent d'être et deviennent selon ton désir, ne crois-tu pas qu'il va te falloir…

– Ne me dis rien, je sais, je sais. Il faut leur donner… le temps ! Oui, c'est trop génial. J'ai inventé des particules de lumière !… Et maintenant je vais les faire grandir…

– Oui, mais pour que tu puisses vraiment créer quelque chose à partir d'elles, pour qu'elles évoluent, il te faudra leur consacrer beaucoup de ton imagination. Ce temps sera celui de ta patience, de ton apprentissage… Peut-être pourras-tu ainsi voir jaillir les premières particules de matière…

– Attends Edgar, attends ! Avant… avant d'inventer je sais pas quoi, et même si ça se trouve un autre Univers, pour l'instant je voudrais… juste une bulle comme tu avais… pour rentrer à la maison. Je préfère te l'avouer mais ce que je veux le plus en fait, c'est retourner chez moi.

– Tu aimerais une bulle d'Avant, c'est ça ! Bah ! Je n'y vois rien à redire, c'est toi qui imagines.

– On est nulle part ici et j'ai un peu la trouille, je dois dire. Et je voudrais être sûr de pouvoir rentrer au bon moment pour pas que ma mère s'inquiète, tu comprends.

– Bien sûr, P'tit Luc. Avec cette bulle tu auras toute l'éternité si tu le désires. La Lumière Primordiale, comme celle que tu viens de créer, « Avant » qu'elle n'évolue vers la matière, est de l'imagination pure et, je te l'ai déjà dit, elle se joue du temps et de l'espace. Présent, futur, passé, ici ou là, tu es quand et où ta fantaisie décide. Désirer, décider, dessiner, destiner, tu es le maître de ces verbes. Tu n'as plus d'existence réelle mais tu as tout ce que tu imagines. Alors ok, laissons tomber ce compte à rebours de ton Big-bang, faisons s'évanouir le commencement de ce nouvel Univers qui d'ailleurs n'avait que valeur de démonstration, et partons visiter ton avenir ! Tu as encore deux ou trois petites choses à apprendre mais qui te seront essentielles.

*

*   *

Une déchirure s'était produite. On aurait dit que l'inconcevable néant saignait des galaxies, des milliards de gouttes incommensurables faites de lumières et de matières mêlées, agglomérats de gaz, d'étoiles et de poussières tourbillonnant sous le fouet implacable des forces invisibles.

Tout de noir et de feu s'était vêtu l'espace !

Dans toutes les directions de ce vide quasi-infini filaient des particules indiscernables.

Les plus remarquables, les photons, comme des traits ondulants, parcouraient en un instant des distances effarantes, bombardaient des astres froids, leur offraient leur énergie, explosant sur eux de leur caresse éblouissante. Semblable à ces grains véloces, d'une lignée cousine mais de plus haute origine, une bulle surgit de nulle part instantanément et se confondit à leur éclat. Elle les accompagna durant une courte seconde avant de les abandonner à leur intolérable lenteur.

À l'intérieur de cet étrange véhicule, P'tit Luc et Edgar, redevenus eux-mêmes, s'ébahissaient devant tant de merveilles.

– Tu es sûr qu'on va retrouver la Terre, Edgar ? Tu connais le chemin ?

– Nous n'avons qu'à suivre tout ce petit monde. Regarde, nous ne sommes pas seuls.

– Mais d'où ils sortent ceux-là ?

– Comme nous, je suppose. Du néant ! D'autres que toi qui devaient aussi recevoir cet enseignement.

Emplissant l'espace, une myriade de bulles multicolores était soudain apparue, se gonflant rapidement jusqu'à atteindre la taille de celle que P'tit Luc avait rencontrée la première fois dans les hautes herbes, d'une petite dizaine de mètres cubes. Les plus proches, par la transparence de leur enveloppe, laissaient entrevoir leur intérieur et leurs occupants. D'autres enfants, tout autant stupéfaits que P'tit Luc, étaient tous accompagnés d'un jumeau d'Edgar.

– Mais Edgar, c'est quoi ces autres Edgar ? Tu es partout ? Comment tu fais ça ?

– Tu ne t'étonnes pas de créer des points de lumière à partir du néant et tu es déconcerté par le fait que je puisse me démultiplier. Le phénomène est identique. Imaginer, imaginer vraiment, tel est le secret, qui n'en est même pas un, en vérité. Il n'y a rien là que de très naturel. C'est la base de notre existence. J'ai pensé que ce serait marrant de me voir ainsi dupliquer pour réaliser ma petite démonstration. Et de plus, on n'est jamais mieux servi que par soi-même, n'est-ce-pas ?

À cet instant, se produisit un phénomène plus étrange encore. P'tit Luc ne savait s'il rêvait ou si ce qu'il voyait était bien réel. Il ne pouvait quitter des yeux les milliers de bulles où les enfants s'ébahissaient à l'unisson. Du regard de chaque gamin jaillissaient des lueurs, des traits colorés, qui dessinaient sur le vide des tableaux familiers, des paysages terrestres, montagnes, plaines, rivières, des patchworks campagnards, des cités, bâtiments et rues, jardins et maisons, cours d'école, terrains de sports, supermarchés aux rayons encombrés, des intérieurs d'habitations, des gens dans des cuisines, des chambres, des salons illuminés par le flux de lumière des écrans, ordinateurs, télévisions, où défilaient reportages, cartoons, pubs, infos… Puis cette vie bien ordinaire se métamorphosa en un flot continu d'images agressives, bâtiments qui s'écroulaient, terribles incendies dévastant des villes inconnues, vagues géantes engloutissant des côtes, fracassant des constructions semblant de papier… corps ensanglantés jonchant des décombres et des trottoirs éventrés, communautés humaines transfigurées d'horreur, à l'agonie dans des refuges improvisés…

– Mais Edgar, qu'est-ce que ça veut dire ?

– Ces filles et ces garçons sont comme toi, en route vers leur avenir, et comme chacun d'eux peut le faire à ton insu, tu as le privilège de voir le fond de leurs pensées, de ce qu'ils croient connaître de cette existence terrestre qu'ils veulent à tout prix retrouver. Mais as-tu remarqué que très peu d'entre vous n'avez de rêves, qu'en eux et en toi ne brille aucun espoir ?

Les milliers de bulles s'agglutinèrent bientôt pour rapidement en former une seule gigantesque, et celle de P'tit Luc et d'Edgar se retrouva ainsi collée à d'autres, au cœur d'un astre transparent, aveuglant. Des milliards d'éclats se reflétaient sur des millions de pupilles contractées, des milliers de paires d'yeux qui s'observaient, soleils de ces âmes d'enfants où des pensées naissaient, se multipliaient, s'additionnaient, s'associaient…

– P'tit Luc, comprends-tu ce qui arrive maintenant ?

– Ben pas trop, à part que les images qui se ressemblent deviennent plus grandes, plus… importantes. C'est ça que tu veux que je comprenne ?

– Oui, en quelque sorte. Chaque pensée créée peut se reconnaître en une autre et s'unir à elle pour ainsi acquérir plus de force. Quand tant d'esprits rassemblés émettent des opinions presque semblables, une seule et même idée émerge bientôt et annihile radicalement toutes celles qui s'opposent à elle. Vois-tu le sentiment dominant ?

– Oui, mais c'est horrible, c'est de la folie, ils sont malades ! Ils pensent tous… à la fin du monde !

– Mais toi aussi, mon cher Luc ! Toi aussi !

Sur le sombre de l'espace embrasé de milliards de milliards de points dorés, l'immense sphère parut flotter sur les poussières des nébuleuses, bleuies de jeunes étoiles, ensanglantées de géantes rouges. Bercée par les bras démesurés de la Galaxie, insensible aux fantastiques pressions gravitationnelles, elle se densifia, resserrant à sa périphérie les bulles de Lumière Primordiale qui la constituaient, raffermissant leurs fines membranes, oblitérant le regard des gamins horrifiés. Elle intensifia encore sa luminosité et accéléra jusqu'à n'être plus qu'un bolide d'un blanc incandescent à la vitesse inimaginable. Et mue par une énergie que n'auraient pu discerner les physiciens de la Terre munis de leurs instruments les plus perfectionnés, elle pénétra bientôt le nuage d'Oort, le réservoir de comètes du système solaire.

Elle frôla de quelques centaines de milliers de kilomètres le planétoïde Charon, compagnon de solitude de Pluton.

Elle traversait l'immensité noire, elle franchissait les distances énormes, distordait le temps. Elle déchirait les lignes invisibles de ces forces qui dispersent les astres. Très loin devant, le Soleil n'était encore qu'un clou brillant où s'accrochaient les feuillets d'une partition sur laquelle se composait la musique inaudible du ballet des planètes.

Elle coupa l'orbite de Neptune, quelques nanosecondes plus tard celle d'Uranus.

P'tit Luc ne voyait rien de l'extérieur mais, malgré le halo opaque qui enrobait la structure de leur vaisseau, il ressentit qu'on approchait des boucles de roches et de glaces de Saturne. Percevait-il cela du fond de son esprit ? Il n'aurait su le dire. Il devinait, il imaginait… Il espérait la fin de ce voyage… La peur l'étreignait, grandissait, écrasait ses pensées, les éparpillait pour n'en retenir qu'une seule : pourquoi fallait-il sans cesse que remontent à la surface de son inconscient les terrifiants cauchemars qu'il avait faits les nuits de ces dernières semaines ? Et cet effroi semblait le lier aux autres gamins.

Les milliers d'Edgar avaient fermé les yeux, d'infimes sourires sur leurs lèvres.

Europe dans l'ombre majestueuse de Jupiter, Io boursouflée de ses éruptions volcaniques, l'essaim indiscipliné des astéroïdes, Mars la rouge…

La surface blanche et bleue de la troisième planète !

Et la boule de lumière ne ralentit pas. Elle, qui jusque là n'était soumise à aucune des attractions qui réglaient le mouvement des corps célestes, tomba vers la Terre, illuminant la nuit de sa chevelure brillante de comète tueuse.

Aucun des enfants ne ressentit l'impact effroyable. Les milliers de bulles se séparèrent instantanément, des milliers de ballons translucides rebondissant sur la surface terrestre, jaillissant vers le ciel infini, replongeant vers le sol, des milliers de gamins aux yeux étonnés et amusés s'agitant à l'intérieur. On eût pu dire que cette collision fut sans effet. Pourtant, imperceptiblement, d'infimes ondes de choc traversèrent l'épaisse croûte rocheuse et s'amplifièrent rapidement, démesurément. Partout sur la planète, les séismographes les enregistrèrent et, chaque opérateur, tous les scientifiques qui tentaient d'appréhender cet incroyable phénomène, furent effarés par ce qu'ils aperçurent sur leurs écrans et les conclusions qu'ils purent tirer de leurs observations. Très vite, tous s'avouèrent bien incapables de deviner l'origine et la nature de cet objet lumineux que beaucoup avaient vu s'écraser. Par contre, ils purent rapidement échafauder l'hypothèse que les secousses qui malmenaient le lieu de l'impact et que rien ne semblait vouloir stopper, si elles continuaient à croître de cette manière exponentielle, vibrations terribles créant une succession de puissantes ondes sismiques, provoqueraient des tremblements de terre dévastateurs suivis de tsunamis gigantesques. Plus angoissant encore, après calcul de leur vitesse de propagation, ils comprirent qu'aucune région de la planète ne serait à la longue épargnée. C'était une épouvantable catastrophe qu'ils voyaient naître et grandir sous leurs yeux !

– Edgar ? Réveille-toi ! EDGAR ? Je t'en prie ! Arrête ça ! La Terre se met à trembler de partout, les maisons s'effondrent, il y a des explosions, les océans font des vagues énormes… EDGAR ! EDGAR ! Y'a plein de gens en train de mourir ! Je t'en prie, Edgar, arrête ça ! Maman, maman, où est ma maman ? Je ne veux pas qu'elle meure.

– Tu en fais un vacarme, bonhomme. Que se passe t-il ? Tu m'as réveillé ! Ah, je vois, nous sommes arrivés.

– Pourquoi on a foncé sur notre planète, vous pouviez pas arrêter votre… vos trucs avant. Vous êtes des grands malades d'aller si vite sans savoir si on peut freiner. C'est l'acopalypse maintenant.

– Apocalypse, P'tit Luc, apocalypse !

– Je m'en fous de comment on dit, c'est la fin du monde sur la Terre et nous on est là à rebondir dans nos bulles comme des débiles. Il faut arrêter ça, je veux retrouver ma mère.

– Cesse de t'angoisser, garçon ! Déjà, premièrement, il faut que tu comprennes que « Apocalypse » n'est pas le mot approprié pour désigner la fin du monde. Apocalypse veut dire « lever le voile ». Donc tu as tort et en partie raison car ce que tu peux voir maintenant n'est pas la fin du monde mais bien le lever « d'un » voile.

– Je m'en fous de tout ça, j'en ai assez de ce voyage. Je veux rentrer chez moi.

– Attends encore un peu, sois patient. Nous sommes maintenant en ce futur dont je te parlais et ces visions d'horreur ne sont liées qu'à cette époque prochaine mais qui n'existe pas encore.

– Comment ? Tu veux dire que tout cela n'existe pas, ces tremblements de terre, ces incendies, tous ces gens morts…

– Si, cela existe puisque tu l'a vu. Mais au fond de toi. Comme ces autres enfants qui nous accompagnent l'ont vu également. Mais ce futur n'est qu'une vision déformée par votre peur de la Vie, une illusion dictée par vos croyances en un néant. Comprends-tu ce qui est réel ?

– Je n'en sais rien. Tout ça est bien trop compliqué. J'ai trop la trouille.

– Souviens-toi de notre balade. Qu'as-tu appris du néant et de l'imaginaire ?

– J'arrive pas à réfléchir !

– Calme-toi, P'tit Luc. Fais un effort !

– Euh… Le néant n'est jamais vraiment le néant, c'est ça ?

– Vois-tu ce coin du voile qui se lève ? Au fond du néant reste toujours quelque chose, une information. Un nombre. Un nombre infini de possibilités. Et l'une de ces possibilités qui commande toutes les autres est…

– Imaginer ?

– Exact. Au fond du néant comme au fond de toi, il y a la possibilité d'imaginer. Et en ce futur que je vous ai révélé, vous avez vu ce que votre imagination finit par créer dans la réalité quand elle est mal utilisée, quand elle est en quelque sorte livrée à elle-même, comme inconsciente.

Les milliers de bulles au cœur desquelles des milliers d'enfants pétrifiés écoutaient attentivement l'enseignement de milliers d'Edgar, petits bonshommes hirsutes issus de nulle part, remontèrent lentement vers les couches supérieures de l'atmosphère, loin du sol de cette planète-mère resplendissante que chacun des gamins pensait bien avoir meurtrie à jamais.

– Mais Edgar, pourquoi on imaginerait des choses pareilles ?

– C'est dans votre nature. Vous n'êtes pas devenus les ultimes prédateurs de votre planète par hasard. Vous avez toujours eu en vous ce besoin de tout anticiper. Anticiper vos errances sur des terres semées d'embûches, les attaques des grands fauves, les affres de la faim, la cueillette, la chasse, le froid des hivers… Famines, maladies, catastrophes naturelles, vos propres violences, vos affrontements tribaux, les guerres… Vous vous êtes adaptés à toutes ces situations traumatisantes grâce à votre capacité à anticiper les événements mais, du même coup, en vous sont nées des peurs, des terreurs, qui ont empoisonné vos consciences pour de longs siècles. Mais vous êtes aujourd'hui devenus les maîtres et, maintenant que chaque être, chaque parcelle de votre monde est soumis à votre bon désir, quelle peut bien être la prochaine étape, la grande frayeur qu'il va vous falloir prévoir et dominer ? Cette angoisse à la mesure de votre puissance envahit vos écrans de télé, vos ordinateurs, vos salles de cinéma, vos journaux, vos magazines, vos livres ; elle sature vos esprits ; elle est omniprésente ; elle s'infiltre partout. Elle parle de réchauffement climatique, de surpopulation, de pollution, de pandémies mondiales, de crises économiques, d'holocaustes nucléaires, de calamités astronomiques : éruptions solaires géantes, astéroïdes et comètes, envahisseurs venus des étoiles. Des prophéties surgies du fond des âges, la fin du monde, la fin des temps… N'est-ce-pas là votre futur le plus probable ? Comment pourriez-vous imaginer autre chose, vous, les enfants d'une humanité parvenue au bout de ses rêves, chérissant ses cauchemars ?

– Tu veux dire que la fin du monde va vraiment arriver ?

– Désirez-vous autre chose ? Imaginez-vous autre chose ? Vous êtes des milliards à contempler votre fin inéluctable grâce à tous ces médias que vous adorez tant. Souvenez-vous, l'idée dominante annihile toutes les autres. Vous anticipez si bien la catastrophe dernière, avec tant d'imagination, que vous en bâtissez chaque seconde les fondements les plus effroyables.

– Mais alors Edgar, tout est fichu ! Qu'est-ce qu'on va faire ?

– Pourquoi me suis-je manifesté à vous ? Etait-ce une simple balade que d'aller vous révéler le pseudo-néant ? Vous avez maintenant en vous le pouvoir de changer votre funeste destin. Vous n'êtes que des enfants aujourd'hui. Mais ce qu'Edgar vous apprend maintenant, vous le transmettrez demain, dans vos écoles, vos lycées, vos universités. Cette omnipotence des médias deviendra la vôtre. Vous inculquerez à cette humanité désabusée une nouvelle pensée, vous lui démontrerez la réelle toute puissance de l'imagination, ce principe créateur qui fait qu'au fond de l'Univers le néant n'a pas le dernier mot. Vous apprendrez à ces milliards d'âmes perdues qu'il y a un monde au cœur du monde et qu'il n'est nullement caché, qu'il s'agit simplement de la conscience d'exister, la Lumière Primordiale qui, depuis toujours, se crée et se transforme. Vous rechercherez au fond de vos propres consciences la source de cette lumière idéale et vous y puiserez pour inventer votre nouvelle ère. Eteignez du souffle de vos espoirs tous les brasiers naissants et offrez-vous cette super bonne idée : il y a de l'imagination dans l'air qui pourrait bien tout changer.

*

*   *

La pluie avait cessé. P'tit Luc courait dans les hautes herbes, dévalait la colline. Il apercevait les toits des maisons de son village, là où sa maman l'attendait, elle qui l'aimait tant et qui lui avait, comme toujours, préparé son goûter.

Des milliards de photons traversaient le ciel qui se trouait de bleu. Ils effilochaient de leur joyeuse errance les noires nuées sans doute honteuses de pourrir les jours d'été. Des bulles minuscules, invisibles aux yeux des hommes, berçant Edgar(s) endormi(s), virevoltaient parmi eux.

P'tit Luc courait dans les herbes séchées. Il dévalerait cette colline de son enfance encore quelques années. Mais au fond de son esprit, les mots d'Edgar bientôt s'illumineraient, ils jailliraient sur les bancs de son école, prendraient la place de ses propres mots et orienteraient sa vie.

P'tit Luc courait en riant. Il savait que partout sur la Terre des milliers d'enfants, filles et garçons, couraient comme lui vers un avenir tout neuf, et qu'à partir de ce jour, d'autres gamins à leur tour entendraient l'enseignement d'Edgar. Et comme les grains de lumière qui éclairaient ce monde, ils seraient bientôt des milliards.

À propos des Heures bleues

Cette histoire est née pour un concours de nouvelles qui avait pour thème « le temps qui passe ». Cette nouvelle s'est construite d'elle-même, s'installant en moi jour après jour, lentement, exactement comme le temps qui passe. De belles mélodies m'ont bercé durant ces heures d'écriture, quasi extatiques.

J'ai donc envoyé une première version loin au Sud, au bord du Lot, là où elle serait jugée et éventuellement publiée en récompense de ce fameux concours.

Le temps est passé et ma participation n'a bien sûr reçu qu'une réponse négative.

J'ai retravaillé mon texte, encore et encore. Sur Internet, les lecteurs d'« Oniris.be » *l'ont apparemment bien aimé et lui ont donné une chance en l'incluant à leur catalogue.*

Une année après la première mouture de cette nouvelle, après avoir quelque peu modifié le début pour un chouia de cohérence, puis la fin pour un supplément de noirceur, l'envie d'échapper à tout espoir, je vous la présente maintenant en sa forme définitive.

J'espère qu'à votre tour vous apprécierez ces « heures bleues ».

À noter qu'une version plus courte a obtenu la huitième place du concours 2013 de la bibliothèque Rollinat à Argenton-sur-Creuse.

Les heures bleues

Le temps ne finira jamais de me surprendre. Comme j'ai froid ! Nous ne sommes plus en ces chères années quatre-vingt quand la jeunesse et la joie de vivre déversaient en mes veines une énergie intarissable. Mais bon sang, je n'arrive plus à me réchauffer. Et j'ai la trouille ! Notre époque de dingues et ces angoisses nées d'un futur aux catastrophes irrémédiables ne me font pas la vieillesse facile, vous pouvez me croire.

Mais est-ce bien seulement l'âge qui me donne ce frisson permanent ?

Des experts scientifiques prédisent une ère de refroidissement pour nos régions du Nord de l'Europe Occidentale. Je veux bien les croire. Ce bouleversement serait dû au réchauffement climatique global, ce qui est paradoxal. D'après eux, un important apport d'eau douce provenant de la fonte des glaciers polaires serait absorbé par le Gulf Stream, diminuant ainsi son taux de salinité, ce dernier pourrait alors ralentir jusqu'à disparaître. Et donc le climat de nos pays ne serait plus adouci.

Oh mais moi, je suis tout prêt à l'admettre, leur théorie, car ça fait déjà une bonne dizaine d'années que nos étés sont pourris et que, d'une manière générale, toutes saisons confondues, nous n'avons pas chaud. Et puis je suis sûr qu'on aurait pu prévoir tout ça si on avait seulement daigné analyser plus tôt nos excès imbéciles. Et je… euh…

Je regarde trop la télé, je n'arrive plus à bien penser par moi-même.

Après tout, c'est peut-être parce que j'ai la trouille que j'ai froid ?

D'abord ce n'était pas de météo dont je voulais vous parler, mais du poison des pendules, de ce temps qui se manifeste chaque matin dans mon miroir de salle de bains et qui me met sous le nez les progrès de ma décrépitude. Car les rides sont là et n'ont rien de réjouissant, ça, je vous l'accorde. Ça ne favorise en rien la bonne température corporelle, ni toutes sortes d'autres chaleurs physiques d'ailleurs, encore moins la venue de cet ensoleillement spirituel qui soi-disant jaillirait comme une faveur de l'âge quand toutes les joies charnelles viendraient à faire défaut.

Oh la la, mais je me rends bien compte que mes propos doivent vous sembler incohérents ! Je mélange un peu tout. Bon d'accord, il est vrai que je ne suis plus très jeune, que peut-être je radote et puis… et puis…

Il m'arrive depuis peu une chose étrange…

Jusque là, je suppose que j'étais comme tout le monde. Le temps passait, faisait valser devant mes yeux, les uns après les autres, des calendriers de cartons écornés où s'oubliaient mes belles années. « Mes belles années », comme si les soucis et les souffrances d'hier étaient dilués par les mensonges de la mémoire. Pourquoi avons-nous toujours ce besoin d'enjoliver nos heures mortes ?…

Oh, oh… décidément, ma concentration n'est plus ce qu'elle était. Bon, revenons à mon étrange problème…

J'ouvris les yeux un matin avec une sensation de malaise intense impossible à définir. Nous étions en automne alors et par ma fenêtre dont les persiennes avaient été ouvertes, sans doute par ma femme, de mon lit je pouvais voir des feuilles dorées qui voletaient sous un ciel d'un bleu pur. La journée s'annonçait belle. Quelle heure pouvait-il bien être ? Impossible de le savoir car mon radioréveil affichait en gros chiffres rouges : « 0:00 ». « Tiens, il y a eu une coupure d'électricité cette nuit », me dis-je, un peu agacé par ce petit souci qui s'ajoutait à ma nausée. Je me levai sans hâte.

L'appartement semblait surchauffé. Claire, mon épouse, avait dû encore titillé le thermostat d'ambiance et je pestais déjà intérieurement quand j'aperçus la pendule du salon qui donnait les mêmes indications que mon réveil. J'avais souvenir que cette pendule fonctionnait avec des piles. J'en déduisis donc qu'il n'était pas obligatoire qu'il y ait eu coupure durant la nuit. Mon irritation augmenta encore d'un cran. « Mais qu'est-ce qui se passe ce matin, tout se met en rade ou quoi ? »

Oubliant alors la température un peu excessive, je me mis en quête d'une heure fiable. Je ne savais plus où j'avais posé ma montre la veille, mon portable n'avait plus de batterie depuis déjà bien longtemps et l'horloge du four me montrait la même absurdité : « 0 :00 ». « Bon, si c'est une blague… ».

J'appelai ma femme. Le silence fut sa réponse. Mais ce silence aussi était bizarre. Je remarquai qu'il n'y avait plus aucun bruit dans l'appartement vide, et en tendant l'oreille, ni dans le reste de l'immeuble. Aucune explosion de moteur, aucun cri de klaxon, de sirènes policières, la rue semblait, elle-aussi, vivre à pas feutrés. Je ne savais plus trop ce qu'il fallait penser. La télé peut-être m'apporterait une information. Triste réflexe d'une civilisation éblouie, je l'allumai donc. Nous sommes passés à la T.N.T maintenant, et quand les émissions ne parviennent plus jusqu'à notre récepteur, la « neige » caractéristique de nos écrans d'hier n'existe plus. À la place, sur chacune des chaînes, les mots « Absence de signal » sont inscrits. Quel progrès ! « Oui ben, c'est bon, on a vu, on est vieux, on n'est pas con non plus. Déjà qu'ils n'ont plus rien d'intelligent à diffuser ! »

Sans prendre le temps d'un café, poussé par je ne sais quelle absurde curiosité, peut-être pour mieux comprendre ce silence étonnant qui m'étourdissait l'esprit, je finis par m'habiller et sortis dans la rue. Une légère angoisse commençait gentiment à me picoter les méninges.

Au dehors, ce fut un vrai gros choc : la ville était morte. Personne. Plus personne. Et plus rien ne bougeait. Les voitures se trouvaient gentiment garées au bord des trottoirs, les feux du carrefour n'alternant plus leurs couleurs, les rideaux des magasins baissés… Et les chiffres bleus de l'horloge à l'entrée de la Poste toute proche martelant mon regard, répétant inlassablement la même cruelle immobilité numérique : « 0 :00 ».

« Mais que se passe t'il, bon sang, avec ces pendules ? Tout est détraqué ? Et où sont les gens ? »

J'étais stupéfié, sonné d'incompréhension. Une guerre, avec ses victimes ensanglantées, étripées, jonchant les pavés, les bâtiments éventrés ou en feu, le noir des fumées suffocantes, le tonnerre des explosions, les hurlements des survivants, pénètre l'esprit d'une horreur absolue sans doute mais cela reste une monstruosité… explicable. Mais à quoi se référer, à quelles indications, physiques, sociales, scientifiques, politiques, s'accrocher, quand la seule violence que l'on subit est l'absence de violence, quand tout s'effondre sans effondrement, quand l'épouvante jaillit de la douceur ? Comment se ressaisir devant tant d'inconnu ?

Tandis qu'à pas lents, hésitants, pantin sans ficelle, j'avançais au beau milieu de ma rue aux dangers écartés, je pris peu à peu conscience du « positif » de la situation. Le silence avait libéré mes tympans des pesantes sonorités urbaines, agressions dont nous avions fini par nous accommoder en toute inconscience depuis toujours, restituant ainsi leur fonction à mes autres sens.

Il faisait chaud, les raies de lumière dorée de l'automne rosissaient mon visage. Les émanations d'hydrocarbure des véhicules, d'habitude si puissantes, dominant les bouquets d'odeurs venues des restaurants, des cafés, des différentes boutiques, avaient disparu. Les vapeurs, les fumées, rejets des climatisations, des divers systèmes de chauffage, ne montaient plus en volutes nocives vers le ciel redevenu d'un bleu limpide. Arraché à cette réalité que je pensais connaître, harassé de trop de questions, je m'affalai bientôt sur le banc d'un square à l'ombre de vieux tilleuls et respirant à pleines bouffées cette atmosphère nouvelle de la Terre, je laissai les images se pétrifier dans mon âme.

« Où es-tu allé ? Et c'est quoi ces façons ? Je te parle, tu ne me réponds pas mais tu m'appelles comme un malade comme si je n'étais pas là, ensuite t'allumes la télé, tu l'éteins en ronchonnant et puis tu pars faire un tour. Tu es sûr que tout va bien, ce matin ? »

Voilà comment m'accueillit ma chère femme à mon retour. Moi qui la croyais disparue à jamais, avec le reste de la population. Anéanti de terreur par un événement incroyable, voilà que moi, le rescapé d'un inconcevable néant, je me faisais engueuler.

Et que pouvais-je bien lui répondre ? Mon escapade dans des rues vides d'êtres humains était tout simplement inimaginable.

En retrouvant sa « douceur », je ne pus que conclure qu'elle avait raison : tout n'allait pas très bien chez moi, ce matin là. Sans doute avais-je fait un cauchemar éveillé, une crise de somnambulisme, que sais-je ? Je me contentai de lui bafouiller quelques excuses, prétextant je ne sais plus quoi. Et notre vie reprit son morne cours.

Le mariage. Ah ! Le mariage ! Quarante années avec la même personne, à la même table, dans le même lit. Les enfants ont grandi trop vite, trop vite partis vers des régions lointaines où le travail ne manque pas. Nous aurions pu vendre ce triste appartement et fuir à notre tour, la mer, les belles saisons, les vieilles années à nous la couler douce. Mais non, ailleurs, c'est loin, c'est l'inconnu, c'est hors du cocon que nous avons éperdument tissé avec nos trois sous de salaire, en songeant que le bonheur finirait bien par arriver un jour. Mais c'est quoi le bonheur au bout du compte, de bonnes blagues entre amis, du rire, du plaisir, du désir, de l'amour, un gros soleil qui s'étale sur l'été, les yeux fermés de l'extase, du temps volé, des heures inachevées…

C'était avant, le bonheur ! Avant, quand rien n'alourdissait nos poches, quand les lendemains n'étaient rien que d'autres jours, avant, quand le temps ne se chiffrait pas. C'était avant ces fossés creusés à chaque pas, à chacun de ces jours insipides d'un travail monotone, à chaque nouvel achat de la toute dernière camelote, accroissant l'entassement des choses autour de nous. Avant nos regards qui se referment un à un sur le lointain de nos vies, comme sur le lointain de l'océan attirant, l'inexplicable pincement au cœur quand les grands navires quittent le port pour cet horizon sans nom où des brumes bleues mélangent le ciel et l'eau.

Le temps fait notre malheur car trop longtemps nous le croyons infini. Mais quand il passe, quand il s'étend, les belles collines de l'insouciance s'éloignent imperceptiblement, les feux de camp qui illuminaient les nuits s'éteignent, personne ne sachant conserver la braise ou la manière de faire, ils se perdent. Comme se perd le désir, l'amour entre nous. Ont-ils seulement existé ces éclats-repères de notre bonheur ? Sans eux, aujourd'hui, le temps est devenu un mur d'ombres épaisses derrière lequel doivent sans doute jouer à cache-cache un reste d'avenir et la mort.

Notre vie reprit son cours. J'oubliai ma mésaventure comme s'estompe un rêve. Il n'en restait qu'une impression floue d'instants hachés. Jusqu'à cet autre jour…

C'était un après midi. Je somnolais devant un documentaire, ma femme trainait sur internet en quête de recettes, la pluie tombait. Les premiers signes furent ce rayon de lumière qui voulait traverser mes paupières et cette chaleur diffusée à tout mon corps par ce léger contact. J'ouvris les yeux. À la télé, « absence de signal »; l'écran de l'ordinateur posé sur le bureau éclairait le vide de la pièce ; sur les carreaux de la porte-fenêtre, plus une goutte ; au dehors, le soleil brillait. J'étirai mon corps pour tenter sans succès d'en chasser les douleurs articulaires. Je sortais lentement de ma paresse douce quand soudain, à ma conscience nauséeuse s'imposa l'incroyable silence. Voilà que cela recommençait. Sans jamais vouloir me l'avouer, j'avais redouté la récidive de ce moment, je savais bien que ce trouble de la réalité allait un jour se reproduire.

Je jetai un œil anxieux à ma montre et notai sans surprise son arrêt. Bien sûr, ma femme ne répondit pas à mes appels. Cette fois, j'avais gardé un ton neutre pour ne pas subir, à mon probable retour, sa méchante humeur. Sans ce silence, l'absence de mon épouse et la mauvaise volonté du temps à s'afficher sur les cadrans, tout semblait normal. J'aurais pu m'en tenir à cela. Pourquoi alors cette irrépressible envie d'aller vérifier à l'extérieur si tout était semblable à la fois précédente ? J'avais peur de ce que j'allais voir au dehors mais il me fallait pourtant sortir.

Arrivé dans la rue mes appréhensions se dissipèrent partiellement car tout y était si tranquille.

De nouveau les gens avaient disparu, mais plus surprenant les voitures également. Les choses semblaient évoluer. Les bâtiments apparaissaient légèrement transparents, sans plus de contact avec le sol, comme prêts à prendre leur envol vers le ciel qui s'était peint d'un bleu irréel. Mon quartier se donnait un petit air déconcertant qui, loin de me plonger dans la frayeur, étonnamment m'apaisait.

La lumière dorée traversant l'évanescence des murs, le simple parfum des dernières fleurs, le calme intense comme une atmosphère nouvelle s'étendant jusqu'au plus lointain perceptible, la ville devenue inutile baignait dans la douceur absolue.

Sans l'entendre vraiment puisque tout était silence, j'avais la sensation d'une musique, des sons vifs et dorés, des riffs aux chuintements métalliques, grincements lancinants, sable liquide précipité dans d'infimes cavernes synthétiques, de clairs tintements d'aiguilles, voix sopranos mêlées à des envolées de cordes imprégnant l'air d'une exquise mélancolie, voilant le souffle coupé du vent.

Flottant sur ces mélodies intérieures, j'entamai alors une lente balade par ces rues, pour moi devenues idylliques.

Et puisque le temps avait décidé cette pause dans son éternel déferlement, je choisis à mon tour de me laisser porter, savourant béatement, en ces heures bleues, l'exceptionnel bonheur qui s'offrait enfin à ma vie.

– Ah ! Te voilà enfin ! Tu étais où ? Ça fait des heures que je te cherche dans tout le quartier, j'ai failli alerter la police. Tu es complètement malade de me faire des trouilles pareilles. On aurait dit un zombi quand tu es parti. T'as même pas pris ton imper', par un temps pareil, tu veux attraper la mort, c'est ça. Je t'assure que tu me fais peur. J'ai appelé le docteur Anselme pour un rendez-vous demain. Y'a un truc qui tourne pas rond, chez toi, je te jure !

– Mais que veux-tu que j'aille raconter au médecin, je me sens parfaitement bien. On a un ciel superbe, à part les pendules qui débloquent de temps en autre, tout va bien, je te promets.

– C'est toi qui débloque, il pleut à torrent depuis des jours. Où t'as vu qu'il faisait beau ? D'ailleurs, tu es tout trempé, tu te moques de qui, à la fin ?

Je me doutais bien que j'allais me faire engueuler une fois de plus, mais prévenir la police, le médecin, là, elle exagérait tout de même un peu.

Oh la la, mais la vie conjugale m'a appris depuis bien des lustres à relativiser, à ne plus me laisser entraîner dans des scènes absurdes et interminables, je fais l'édredon, j'encaisse, j'encaisse. Je tourne le dos, je souffle un brin de manière à mieux calmer mon esprit et les cris se brisent en miettes sur les murs lisses de mon indifférence. En quelques instants je deviens sourd, et muet. Pas d'ironie surtout, pas d'arrogance, au risque d'envenimer les choses. Pas de dédain non plus, juste le vide, une fuite légère. Et bien vite, l'orage se calme. Puis chacun reprend ses occupations, peuple son temps des gestes habituels.

Mais il ne faut pas s'y laisser prendre, cette colère de mon épouse ne naît pas de l'amour qu'elle éprouverait pour moi. Ses cris sont seulement la partie émergée de sa peur de me perdre. Mais ce n'est pas la peur de me perdre moi, en tant qu'individu aimé ou appréciable, non, c'est juste l'effroi de la disparition de cette maigre présence que je suis devenu parmi les ombres de son début de vieillesse, cette crainte d'avoir un jour à se mirer dans la glace sans reflet de sa solitude.

Bien sûr, le médecin ne me trouva rien mais il est vrai que je lui avouai bien peu. Il écrivit une lettre à un spécialiste, un psychiatre, pour un examen plus poussé.

Le vieux parquet craquant, le papier peint défraichi pour ne pas dire crasseux, la porte de la salle d'attente grinçant à chacun des patients qui entrent, qui m'apparaissent tous plus allumés les uns que les autres, et le fameux psy, un portable à la main, allant et venant d'une pièce à l'autre, la tignasse ébouriffée, les yeux hagards, visiblement dépassé ; certains malades pénètrent son bureau comme le café du coin, d'autres harcèlent la malheureuse secrétaire pour une ordonnance à renouveler : une vraie caricature de maison de fous.

Le « bon docteur » me reçut, répondit au téléphone en discutant fort avec son garagiste d'obscures réparations sur sa Porsche. Puis après dix fugaces minutes d'une conversation à sens unique, me griffonna une liste d'antidépresseurs qu'intérieurement je jurai de ne jamais prendre.

Mes évasions hors du temps tout aussi revigorantes se renouvelèrent. Sur les supplications de Claire, mes visites chez le psychiatre aussi. Des gros mots furent lâchés : névrose, sénilité, paraphrénie, Alzheimer. Et mon gentil dealer de griffonner ses ordonnances de cachous blancs et roses pour chasser de mon esprit tout désir d'ailleurs. Mais régulièrement les pendules indiquaient toujours : « 0 :00 ».

Au fil de mes escapades, je constatai de nouvelles évolutions. La ville s'était peu à peu totalement évanouie. Pavés, béton, rideaux métalliques des vitrines, métal bronzé des réverbères, tous ces matériaux reconnus comme étant des plus résistants, avaient fini par se fondre au transparent de l'air. Les façades pimpantes des bâtiments récents, les immeubles plus gris, la belle cathédrale qui avait vu sous sa rosace et ses vitraux se succéder nombre de joies et de folies humaines, tout s'était échappé vers je ne sais quel univers avide.

Après les constructions, ce fut au tour des grands arbres, ornant le square, les trottoirs, de s'effacer également. Le monde perdait ainsi le plus beau de sa vie. J'en fus très accablé. Aucune végétation ne croissait au travers des fissures du bitume. Insectes et oiseaux ne peuplaient pas davantage l'air chaud de la ville disparue.

« Mes heures bleues » n'étaient donc que la courte étape d'un lent processus destructeur du monde. Je sentais en moi l'angoisse renaître.

Comme ma ville maintenant n'en était plus une et ne ressemblait pas non plus à une campagne, sur ces étendues vallonnées de terre nue ne subsistait plus aucun repère qui pût me guider. Et à chaque arrêt des pendules, comme je ne pouvais combattre cet irrépressible besoin de sortir, une fois dehors, tournant le dos à la porte du hall de mon immeuble ce dernier s'estompant lui-aussi, je finissais par m'égarer et je marchais alors de plus en plus longtemps, ignorant des distances, jusqu'à l'épuisement. Le sol gris où je m'asseyais enfin ne présentait plus d'autre intérêt que celui de me supporter et le ciel aux couleurs étonnantes était la dernière chose qui puisse à présent attirer mon regard. Mais lui aussi changeait. De bleu pur, il était passé à des nuances d'ocres et d'oranges étranges que de minuscules figures noires égratignaient çà et là. La tête sur mes genoux repliés, je finissais par m'assoupir et, après un rapide voyage de retour inconscient, je me retrouvais bientôt chez moi.

Quand je tentais l'explication de ce phénomène singulier à mon épouse qui ne me faisait dorénavant plus aucun reproche, elle m'affirmait, quant à elle, me voir revenir généralement d'une façon tout à fait normale en franchissant la porte d'entrée après une promenade apparemment banale. Avec l'aide de nos voisines pourtant, elle partait quelquefois à ma recherche. Mais malgré ce que je pouvais bien lui raconter à mon retour, il semblait que je ne m'éloignais jamais vraiment beaucoup, arpentant le plus souvent les rues les plus proches.

Elle montrait maintenant tant de sollicitude à mon égard, elle prenait tellement soin de moi, comme on dorlote un grand malade, écoutant mes propos décousus avec patience, m'offrant du repos, me proposant mes petites gélules, que j'avais bien du mal à admettre cette bienveillance nouvelle sans y soupçonner une quelconque arrière-pensée. J'étais si surpris par son attitude que je finissais par douter de sa sincérité. Alors je ne lui parlais presque plus. Mais non sans vouloir m'enfermer dans un mutisme puéril. Je cherchais simplement à trouver par moi-même une réponse à mon satané problème.

Puis à chaque nouvelle pause de « mon » temps, car il fallait bien maintenant en conclure que cette fichue histoire m'était tout à fait personnelle, la surface de la planète m'apparaissait de plus en plus transparente. Comme au travers d'une bulle de savon je pouvais voir du côté opposé, celui de la nuit, les lointaines étoiles briller. Mais elles disparurent elles-aussi de façon progressive. Ainsi que le ciel diurne qui perdit ses teintes chaudes au profit du noir d'encre de ces petites taches peu à peu apparues et qui avaient fini par emplir tout l'espace.

Je perdais pied dans cet abîme obscur sans dimension, l'univers entier était avalé par un vertigineux trou noir. Il n'y avait plus rien et je n'étais plus personne, juste un brin de conscience encore que le néant aveugle cherchait à éteindre d'un dernier souffle, et ne me restait que la brève sensation de ce vent glacial.

Avec l'âge, les jours ne sont plus les mêmes. Ils ne s'envolent plus d'espérance, ne s'éblouissent plus d'éclairs vivifiants, ils se taisent peu à peu, emmitouflés de souvenirs et, pétris d'un effroi non avoué, tournent le dos à ce mur sombre qui barre le chemin. Ils s'écoulent à reculons et ralentissent.

À quoi bon les presser ? À quoi servirait de gagner encore et encore, des choses, la richesse, la renommée, puisque dans l'ombre du lendemain se tient tapie la mort ? Est-ce sa redoutable proximité qui freine le temps, qui, plus que la sagesse, chasse de nous tout désir absurde, qui oblige le cœur à scruter la vie pour n'en retenir que l'essentiel ?

Claire me réconforta de son mieux, oubliant ses propres besoins. Je me rendis peu à peu compte que ses sempiternelles angoisses avaient changé de cause. À s'inquiéter pour moi, elle abandonnait ainsi toute une vie d'anxieuses et inutiles contraintes.

Le monde tournait si mal autour de nous, on semblait partout perdre les valeurs les plus élémentaires. Elle s'accrocha à moi, à ces ultimes moments de lucidité que je pouvais encore lui offrir, à cet être qui avait si longtemps partagé sa vie, le seul en qui elle eut encore confiance, celui que je n'étais sans doute déjà plus. Cet égoïsme que je lui prêtais depuis toujours semblait aujourd'hui se dissoudre devant ces fuites de ma réalité. Aurais-je fait l'erreur de la méconnaître ?

Puis, lentement, durant « mes heures bleues », plus rien n'exista.

Le vide me pénétra totalement. Il envahit ma mémoire, les souvenirs d'une vie peut-être trop longue, une existence où je n'avais pas vraiment appris. Mes sentiments s'effacèrent à leur tour, les colères, les désirs, l'amour que j'avais cru redevenir sincère, l'orgueil qui sans doute avait commandé depuis toujours à tous les autres. Toutes ces émotions, ces affections, ces passions me semblèrent dénuées de valeur. Se présentant dorénavant comme de simples haillons de l'esprit, je ne leur accordai plus aucune importance.

Totalement indifférent à ce monde enfui, ignorant de moi-même, je devins à mon tour un petit point de rien dans un infini nulle part.

Où étais-je, qui étais-je ? Dans cette glace absolue, il n'y eut bientôt plus d'espace…

Mais sans espace le mouvement ne peut être, sans mouvement il n'y a pas de temps, sans le temps il n'y a plus d'espace… Sans ce cercle magique, l'univers n'existe pas. Ce qui est ainsi dénué d'existence est néant.

Alors en tout dernier lieu, au tout dernier instant, il n'y a plus que le néant… Et parce que le néant n'est rien, il ne peut avoir conscience d'être rien… Mais qu'il ait ou non cette conscience de son existence en tant que néant n'empêche pas qu'émerge alors une information : le néant existe, le non-être est. Cette information est comme un jaillissement de savoir, inhérent à la notion d'être ou de non-être. Rien n'existe. Pourtant il y a quelque chose qui dit le contraire. Une conscience encore vierge et sans mémoire, en tous les endroits et en un même temps.

Cette infime connaissance parcourt instantanément des dimensions infinitésimales, comme une vibration, un mouvement incessant, d'un point à l'autre, d'un instant à l'autre. Et comme d'un instant à l'autre est le temps, d'un point à un autre est l'espace…

Se peut-il que dans le néant noir il y ait une déchirure, un petit trou, une piqûre dans un voile d'ombre… un trou blanc, un point de quelque chose, un accroc où luit la conscience ?

Au cœur de nulle part, sans autre cause qu'elle-même, déchirant l'impensable néant, se peut-il que la conscience apparaisse, qu'elle fasse naître un nouvel espace-temps, un tout nouvel univers où s'exhale l'amour ?

Il y a toujours ces jours qui passent.

Ce temps ne finira jamais de me surprendre. Mais que j'aimerais le surprendre à mon tour, obtenir enfin ce pouvoir de vraiment le suspendre !

Je ne peux toujours pas me réchauffer. Mais je distingue dans le noir de mon esprit qui s'efface cette petite piqûre où brille le regard de Claire. Et comme ce regard brûle ! Pour moi, juste pour moi. Comme une infime aiguille dans son canevas d'amour même si elle le brode sans doute déjà trop tard.

Que j'aimerais tant croire en cette brillante source de son amour où redécouvrir la soif, en cette ultime lumière de ce reste de vie qu'elle aimerait me restituer ! Il faudra sans doute encore beaucoup de jours pour que Claire admette que ma conscience se vide, qu'il n'y raisonnera bientôt plus aucune idée…

Mais les paupières de ma tendre femme ne cillent pas. Combien de temps encore son regard reflètera le mien, comme un miroir, pour que je puisse toujours y retrouver son âme qui s'offre ainsi sans condition à la mienne ?

– Tu sais, j’ai pensé à un truc, plutôt que d’avaler ces pilules que ce charlatan te prescrit, si nous vendions l’appartement, la télé, les bibelots, toutes ces horreurs qui nous entourent, si nous partions vers la chaleur, la mer… Je suis sûre que tu irais mieux, bien mieux.

Tu n’étais pas toujours très conscient, tu semblais même souvent un peu barge mais tu me racontais de tes balades bien plus que tu te l’imagines, et j’aimais bien ça, tu sais, tu étais si touchant.

Ces « heures bleues » comme tu appelais ces moments, dis, tu ne voudrais pas les vivre en vrai maintenant ? Et avec moi. Ensemble. Juste nous deux…

À propos de Drôle d'enfer

C'est sans doute par une sale grisaille d'automne que cette nouvelle m'est apparue. Quelquefois, la tristesse de mes jours me cloue au clavier, et il advient bien souvent que cette tristesse me cloue aussi le bec. L'ennui est alors comme l'enfer car l'esprit se plaint et ne se vide pas. Pour cette fois, ce ne fut pas le cas.

« Les portes de l'enfer sont grandes ouvertes » furent les premiers mots écrits. Voilà pour la naissance, le premier cri ! Puis vint ce vol de mon héros vers le plafond, le début d'un fantastique voyage hors du corps qui, comme une stupide loterie, n'arrive toujours qu'aux autres, et rarement aux plus méritants. Oh, oh, mais je ne pouvais décemment pas en rester là, il me fallait bien quelque part punir ce piètre personnage de sa chance mal acquise. Et c'est ainsi que… Mais prenez donc la peine de découvrir son « drôle d'enfer ».

Par ailleurs, je tiens à préciser que les conditions de travail de Carla décrites ici ne relèvent nullement de la fiction mais qu'elles sont, et de source sûre, l'évocation d'une triste réalité.

Drôle d'enfer

William était allongé sur le parquet stratifié de sa chambre. Son corps figé ne lui répondait plus. Il se souvenait s'être assis sur son canapé en cette fin d'après midi mais il ne comprenait pas comment il avait pu ainsi se retrouver sur le sol. Un évanouissement soudain provoquant sa chute, une attaque ? Le temps s'écoulait et il était toujours incapable du moindre geste.

« Les portes de l'enfer sont grandes ouvertes ». Voilà ce qu'il finit par se dire.

Tout au fond de lui semblaient se débattre des centaines de visages déchirés d'horreur, des multiples de lui-même, ces représentants épouvantés des différentes époques de son existence. Une vie qui lui avait semblé si longue dont il se voyait, maintenant et bien malgré lui, faire le triste bilan même s'il ne se souvenait plus de tout. Une famille qu'il ne fréquentait plus, sans relation amoureuse depuis des lustres, quelques collègues de travail pas vraiment amis, un boulot qui l'abrutissait, peu de goût pour la chose artistique ou le sport, il estimait que le bonheur ne lui avait accordé que bien peu de sourires et il se débattait depuis trop longtemps contre ce qu'il croyait être une fatalité noire. Mais il ne pouvait admettre que seule son attitude morne l'avait conduit à ce quotidien insipide et de se retrouver ainsi, déjà, devant ce trou béant de la mort sans plus aucun espoir que son sort ne s'améliore le scandalisait.

Il repoussa sa détresse, cuisinant le vieux curé de ses souvenirs, loin dans son passé, en ces heures de son enfance, durant ce catéchisme où il bâillait, le regard traversant le givre des carreaux de la fenêtre, extorquant à ce représentant d'un dieu auquel il ne croyait guère quelques bribes de prières mal apprises. Mais quel « deal » aurait-il pu passer avec lui ? C'était la fin et il imaginait les grilles brûlantes et éternelles grinçant sur leurs gonds, accueillant son âme fétide.

Ressentirait-il vraiment le moment de la mort ? Saurait-il ce qu'il y a au-delà du dernier instant ? Quelle fraction de son esprit se désagrègerait en lui ? Juste après son extinction garderait-il encore quelque pensée ? Devrait-il subir l'ultime assaut pleinement éveillé ?

Mais pourquoi ces questions ? Étaient-elles bien nécessaires puisqu'il était toujours là, bien vivant !

Un bourdonnement agressif fit soudain vibrer ses tympans. Un tourbillon puissant, implacable, se saisit de son esprit. Une effrayante sensation d'être tire-bouchonné lui arracha un terrible cri, un hurlement seulement intérieur car il lui était impossible d'émettre le moindre son.

Était-ce donc cela la mort, le grand départ, l'atroce extraction de l'âme d'un corps pétrifié ? Il s'étonna d'être encore conscient de tout.

Puis soudain, d'une manière étrange et fulgurante, il se retrouva à quelques centimètres du plafond, tout près des fissures du plâtre, des taches laissées par les mouches, un plafond si clair, si lumineux…

Il ne ressentait aucune douleur, aucune perception de chaleur ni de froid.

Mais cette perspective déconcertante lui donnait une telle extase ! Il en oublia d'un coup tout désespoir. La curiosité l'emportait sur l'effroi.

Il se serait sans doute attardé des heures à contempler ce ciel d'enduit terni mais plus étonnant encore fut cette vision à trois cent soixante degrés qui lui donnait un peu la nausée. Elle lui permit d'apercevoir vers le bas une chose difficilement concevable : lui-même. Sa raison eut du mal à l'admettre mais c'était bien lui qu'il vit ainsi, son corps, allongé sur le sol, comme endormi, les jambes repliées, les bras écartés, le visage pâle… et moche. Il ne se souvint pas s'être jamais vu aussi laid. Là encore la nature aurait sans doute dû exiger de lui qu'il poussât un cri mais rien ne sortit de sa bouche. Tangage et roulis lui donnèrent une sensation de malaise plus violente encore. Il aurait vomi s'il avait possédé un système digestif opérationnel, mais tout cet attirail répugnant avait dû rester dans cet autre lui étalé.

Il était très désorienté et la frayeur reprit vite en lui son goutte à goutte toxique. Un frisson de panique le parcourut intensément ce qui eut pour effet de le propulser immédiatement vers l'arrière. Mais le mouvement sembla comme amorti, le temps arrêté, sa conscience ramollie. Puis tout tranquillement, un éclair de lucidité s'alluma en lui, il eut ainsi le loisir de comprendre que dans une énorme seconde il allait s'exploser l'échine sur ce plafond qu'il trouvait merveilleux l'instant d'avant. Mais quand cela arriva, il fut effaré de ne subir aucun choc. Les ténèbres remplacèrent brièvement l'éclairage blafard du plafonnier et de nouveau la lumière rayonna… sur un autre parquet.

Il avait traversé la dalle de béton qui séparait les niveaux, son extravagante ascension s'était poursuivie vers l'étage supérieur. Il aperçut alors son voisin du dessus scotché à son ordinateur, absorbé par les résultats sportifs du week-end. Et son vol s'arrêta là car par-dessus l'épaule de l'homme, il se mit lui aussi à lire les pages lumineuses. Mais pourquoi faisait-il cela ? Le sport ne l'intéressait pas. Libéré des habituelles sensations de son corps de chair, son esprit semblait avoir acquis une plus grande faculté d'analyse. Il comprit ainsi qu'en ce nouvel état c'était l'idée qui dirigeait le mouvement, une curiosité bien involontaire l'avait attiré vers l'écran comme un insecte vers une lampe.

Après s'être quelque peu remis de ses émotions, il chercha rapidement un moyen pour communiquer avec l'internaute, peut-être pour s'amuser un peu de lui, pour l'effrayer. Il émit alors une absurde pensée et il se retrouva aussitôt à moitié avalé par le bureau, posé directement devant les yeux de son voisin qui ne parut ni surpris ni horrifié de sa demi présence incroyable. Ce dernier se contenta juste de bâiller en se grattant la nuque et William en conclut qu'il devait être invisible à ses yeux.

« Bon ! Pas de panique, réfléchissons deux secondes » pensa-t-il. « Je ne me sens pas mort du tout, j'ai même une super pêche, je dois dire. Je vois mon corps allongé, je flotte jusqu'au plafond, je traverse le béton, je me colle devant le voisin qui ne me voit pas… Qu'est-ce qui m'arrive, bon sang ? Si c'est un rêve, c'est bien le plus drôle que j'ai jamais fait. »

« Eh ! C'est quoi ce truc ? On dirait… on dirait que ça part du haut de mon crâne… C'est plein de lucioles… comme un gros fil… un gros fil qui me rattache… mais à quoi ? »

Sa question à peine formulée trouva instantanément sa réponse. Il fit soudain le chemin à l'envers et se retrouva à quelques dizaines de centimètres au-dessus de son corps matériel auquel la tresse lumineuse qu'il venait de découvrir le reliait.

« J'ai compris ! La corde d'argent ! C'est la corde d'argent ! J'en ai déjà entendu parler à la télé. Oh, oui ! J'ai compris, je ne suis pas mort du tout, je suis en train de faire une expérience hors du corps. Un voyage "astral" ! Ouah ! Et il fallait que ça tombe sur moi. C'est génial ! C'est super ! Ben alors là, si je m'attendais à ça ! Si je suis capable d'un truc pareil et si j'apprends à bien le maîtriser, je vais enfin pouvoir m'éclater un peu… »

*

* *

Il pleuvait sur la ville. Des gouttes tombaient avec une telle régularité, d'une telle permanence, comme un rideau gris opaque, on aurait pu croire que les nuages touchaient le sol, que l'atmosphère était la pluie même.

Des feuilles de platane, arrachées par l'automne, brunissaient sur le bitume trempé, glissant patchwork l'assombrissant, venaient obstruer les caniveaux, petits tas pourrissant contre la pierre des trottoirs. Elles luisaient comme du mica, éclairées par le jour argenté, surprenant mélange de luminosité cuivrée et d'ébène glacé que cette fin végétale.

En ne balayant plus du regard la simple surface des choses, pénétrant des détails infimes où pouvait se discerner partout la manifestation de la vie, en cette dimension extraordinaire, William voyait tout plus intensément, plus en profondeur et le monde lui était devenu merveille. Son enveloppe « astrale » planait au-dessus des rues grises et, malgré cette humidité froide de Novembre, il se sentait dans un cocon idéal.

Après cette première sortie hors de son corps, très vite il comprit comment passer de la matérialité ordinaire à ce nouvel état qu'il contrôlait maintenant à volonté, qui devenait pour lui une seconde nature. D'ailleurs, il en fit un refuge, en abusa et, comme d'une drogue, finit par en subir la dépendance.

Mais, lors de ses escapades vers l'invisible, qu'apprit-il de plus qu'il ne sut déjà ?

Outre ce premier contact chez son voisin du dessus, il put pénétrer sans effraction, et ainsi sans le moindre scrupule, dans chaque appartement des immeubles de son quartier, au tout début par simple indiscrétion, ne s'attardant qu'à l'observation des décors, choix des couleurs, agencement des pièces, qualité de l'ameublement… Par la suite, comme un gosse, il s'amusa à la traversée des cloisons, des murs épais. Il riait de se voir disparaître en partie dans le bois de chêne des armoires antiques ou dans la mousse synthétique des canapés. Mais il s'étonna de ne pouvoir se contempler dans des miroirs.

Puis bientôt, ennuyé par ces batifolages, il se passionna pour la vie des occupants.

Dans son état immatériel, il constata qu'il n'avait aucun moyen d'agir sur les objets, les saisir, les déplacer, comme il le ferait dans la vie normale. Il ne savait pas davantage faire varier les températures, la luminosité, ni influer sur la dimension sonore des lieux qu'il visitait. Ainsi il ne put se divertir aux dépens de ses hôtes involontaires, les surprenant, les effrayant comme un fantôme saurait le faire, et dont il aurait assurément bien aimé jouer le rôle. Il fut déçu de n'être qu'un œil, qu'une oreille, qu'une conscience malhabile errant dans le banal quotidien, dépité de n'être qu'un visiteur impalpable, incapable du moindre déplacement d'air, du plus infime souffle dans le cou, du simple craquement de boiserie. En fait, ses nouveaux pouvoirs se révélaient extrêmement limités.

Triste sire, l'âme avilie par une vie médiocre, refoulée, il se contenta alors de l'intimité des gens et se complut à cela. Il s'en délecta durant de nombreux jours.

Ainsi, sous la pluie des douches, dans l'odeur de naphtaline des dressings, il s'enfiévra de la nudité des femmes et, dans la lumière tamisée des chambres à coucher, il se mêla perversement aux ébats charnels des couples. Comme il savait maintenant pénétrer les choses, il tenta de se dissoudre en ces autres corps, pour ressentir ce désir que ces personnes éprouvaient les unes pour les autres, pour exploser de plaisir avec elles. Mais il ne put jamais se fondre en elles, accéder à la moindre parcelle de volupté et même son imagination ne lui fut d'aucun secours. Il ne put que les survoler et ne perçut rien de plus que la douce chaleur et la légèreté de son absence de chair.

Longtemps il s'adonna à ce voyeurisme obscène. Mais il finit aussi par se lasser de cela, ce qui généra de nouvelles frustrations dans le cloaque de son esprit lui dictant des pensées d'une tristesse sombre.

« Ils sont moches, mal fichus ! Ils copulent sans passion, ils baisent par routine. Ils sont ennuyeux et s'enferment dans leur suffisance avec leurs trois petits sous, leurs produits aux marques imposées, leur déco de spots de pub. Qu'est-ce qu'ils ont de plus que moi, après tout, ils sont en couple, ils ont des amis, de la famille…? Mais leurs conversations sont nulles, tous ces gens qui ne s'écoutent pas, ils sont là à singer leur vie, à mimer leur bonheur, à simuler leurs extases, à rêver de leur monde matériel qu'ils croient parfait. Et moi, pauvre mec qui m'émerveille devant leur existence ! C'est à hurler ! Ah si seulement je pouvais leur montrer vraiment qui je suis ! »

Vu sous cet angle, le monde lui parut pire encore. Il retrouva alors des habitudes plus terre à terre, insipides et mesquines, boulot, cantine, bistrots avec les collègues auxquels il n'avoua rien. À partir de là, il n'usa de son étrange aptitude seulement avant d'aller dormir, juste pour quelques balades crépusculaires durant lesquelles il n'apprit d'ailleurs rien de plus. Comme il n'avait pas la fibre d'un aventurier, sa « corde d'argent » ne se tendit jamais, il ne quitta ni son quartier ni la condition humaine. L'ange, ou on ne sait quel être fabuleux, qui lui ouvrit cette porte magique vers cet envers du monde où il aurait pu accomplir de si grandes choses avec un brin d'imagination et de bonté d'âme, s'était, semblait t'il, plutôt fourvoyé en le choisissant. Car rien n'y ferait jamais : il était et resterait toujours le même piètre individu, quel que soit le niveau de sa réalité.

*

* *

Assise sur un banc de bois sous des pins parasols, en robe légère, la jeune femme semblait rêver. Sans doute souriait-elle à de fugitives visions de son esprit, et ses lèvres fines, à peine relevées aux commissures, bâtissaient tout son charme. L'ardent soleil de l'été, se glissant au travers des aiguilles des pins, venait éclater en taches de lumière sur ses cheveux.

Belle, brune, pétillante, et lointaine, tout en elle concourait à le séduire.

Et il le fut. Lui, d'habitude si peu enclin à percevoir la brillance, à accepter tout naturellement tant d'évidents signes d'élégance et de beauté, tomba en pamoison devant elle. Un frisson oublié, ou jamais réellement éprouvé, voyagea en chaque partie de son corps, de ses yeux éblouis jusqu'à ces endroits intimes qu'il fut délicieusement surpris de sentir se ranimer. Etait-ce cela le coup de foudre ?

Dès lors, il ne se posa plus la question de sa laideur ni de la noirceur du monde, il voulut juste aborder cette délicate apparition pour lui parler et lui avouer peut-être, s'il osait, son émoi aussi soudain qu'irrésistible.

Mais comment aurait-il pu être en la présence réelle de cette personne ? Car pour l'heure, deux obstacles majeurs s'opposaient à son désir : lui-même se trouvait en un état immatériel bien peu pratique pour entamer une conversation et, plus embarrassant, son involontaire séductrice ne lui apparaissait que sur papier glacé. Cette scène radieuse qui subjuguait son regard n'était en fait qu'une photo en noir et blanc dans un cadre verni posé sur un bahut ancien dans le salon désert d'un vieil appartement qu'il visitait en flottant.

À partir de cet instant, il employa tout son temps libre à essayer d'apprendre davantage des occupants de ce lieu.

C'était un monsieur âgé qui habitait ce vieil intérieur cossu, et semblait vivre seul, vaquant à des occupations lentes. La seule présence féminine qu'il découvrit était une aide-ménagère qui, quelques heures par jour, passait le balai ou la chiffonnette, un gros fer à vapeur sur des chemises d'homme. Il approfondit alors son exploration à la recherche d'indices.

Hormis la photographie où rêvait dans la lumière celle dont il s'était épris, il ne trouva rien, vêtements d'une jeunesse à la mode, parfums, cosmétiques, toutes ces choses de la coquetterie d'une femme qui l'orienteraient plus efficacement dans son enquête.

Dans divers cadres, des images montraient d'autres personnes dont on voyait bien au papier photo jaunissant que le temps les oubliait. Souvenirs ordinaires de gens quelconques, regards étonnés d'enfants d'une autre époque, à jamais déçus de n'avoir pu saisir d'un clin d'œil « le petit oiseau qui va sortir », un couple de vieillards qui revenait souvent… Sur une étagère de la bibliothèque, il reconnut des reliures d'albums photos, coffres forts détenant sans doute le secret inestimable à ses yeux de l'existence de la jeune femme, mais il enragea de ne pouvoir les ouvrir.

Depuis qu'il voyageait hors de son corps, un sens nouveau s'était affiné en lui, une intuition bien réelle, comme la faculté de lire dans les pensées d'autrui. À tourner sans cesse autour du vieillard, au bout de quelques jours, il perçut nettement une présence, et qui semblait même familière au vieil homme. Il n'aurait pas su dire de qui il s'agissait. Durant de longues heures, il crut à un autre voyageur de l'astral, comme lui, caché sur différents niveaux d'énergies qui aurait pu l'espionner ou, pourquoi pas, un esprit égaré, un revenant, et il s'en effraya même quelques temps. Mais il finit par comprendre que cette infime trace d'existence sonnait plutôt comme un simple souvenir et devait émaner de la mémoire du vieux. Cela avait-il un rapport avec la jeune femme qui, pour le moment, demeurait impitoyablement mystérieuse ?

*

*   *

À l'unité Alzheimer de la maison de retraite « Les Eaux Claires », au crépuscule, rien n'était jamais paisible. Les résidants, avec de graves pertes de leur mémoire à court terme, souvent très déboussolés, prenaient la nuit pour le jour. Tant qu'ils demeuraient dans leur chambre, assis sur leur lit, discutant avec des proches imaginaires ou de leur passé, s'habillant de deux ou trois tenues, oubliant celle qu'ils venaient de mettre, prêts à partir, pensant rentrer chez eux ou s'apprêtant à rejoindre la salle de restaurant pour le petit déjeuner, tant qu'ils étaient occupés par tous ces désirs furtifs qu'ils égaraient aussitôt dans un espace inconnu de leur esprit, tant qu'ils ne quittaient pas ce lieu où ils avaient encore quelques règles, quelques repères, tout allait bien. Mais dès qu'ils ouvraient leur porte et s'aventuraient dans les couloirs, c'était là une autre affaire.

C'était là que commençaient les problèmes pour Carla, l'agent de vie. Et ces dernières semaines, une toute nouvelle admission lui faisait ses conditions de travail encore plus difficiles : Mme David, une dame toute menue de quatre vingt ans, qui semblait bien fragile au tout premier abord mais qui se révélait d'une grande agressivité lorsque survenait l'une de ses crises.

– Il est vingt trois heures trente, Mme David, vous devriez aller dormir, maintenant, vous allez être épuisée demain et vous avez de la visite, lui répétait inlassablement Carla.

– Foutez-moi la paix ! Si vous croyez que je ne vois pas votre manège. Arrêtez de tourner autour de mon mari. Ah ! Je me demande ce qu'il peut bien vous trouver, une bonne à rien comme vous. Et qu'est-ce que vous faîtes avec tout ça ?

Et d'un geste dédaigneux, pour bien illustrer ses paroles, la chétive Mme David, droite et hautaine, bousculait le chariot de ménage de l'agent de vie, sans un regard à cette méprisable créature comme devait apparaître à ses yeux la pauvre Carla.

– On ne fait pas de ménage la nuit, d'abord. Et qui vous a dit de venir chez moi pour faire le ménage ?

– Vous êtes en maison de retraite, Mme David, vous n'êtes plus à votre domicile.

– Je suis chez moi, et je fais ce que je veux chez moi. Sortez de chez moi !

Et c'était ainsi presque chaque soir. Carla était insultée, bousculée, par cette vieille dame qui avait dû être quelqu'un de respectable il y avait encore peu de temps, avant cette maladie aux séquelles irréversibles.

Habituellement, Carla gardait son calme, entrait dans le jeu de la personne, tentant la gentillesse ou la fermeté selon les heures, jugeant de son état de fatigue. Pour gérer ces situations pénibles, sa voix douce et son sourire étaient ses atouts majeurs et elle arrivait bien souvent à bout de ces détresses nocturnes, de ces angoisses auxquelles étaient sujets les résidants. Mais avec cette Mme David, rien n'y faisait, l'agressivité frisait la violence autant verbale que physique et Carla, déroutée, évitait de justesse, à chaque confrontation, les taloches de la malade. Et elle n'avait quasiment aucun recours.

Car le mode de fonctionnement des « Eaux Claires » était étonnant. Cet établissement était divisé en deux secteurs bien cloisonnés : l'Unité Principale ou Retraite avec une capacité d'hébergement d'une soixantaine de résidants et l'Unité Alzheimer accueillant une quinzaine de personnes. Seule agent de nuit pour toute son unité, à la fois aide-soignante et femme de ménage, surveillante et responsable, outre les rondes à heures régulières, où elle distribuait en début de soirée les médicaments de chacun, Carla était amenée à changer et faire la toilette intime de certains. Ensuite quand les soins de nursing étaient terminés, elle devait entretenir les parties communes, balayage et lavage des sols, dépoussiérage et désinfection du petit mobilier, des poignées de portes, des mains-courantes, tout en gardant une oreille attentive aux « sonnettes », signaux d'appel des personnes dépendantes, petit bouton magique les reliant au monde des vivants, petite bouée de prévenance contre la solitude et l'effroi. Elle avait pour seuls collègues les deux agents de vie de l'étage supérieur qui s'occupaient du secteur Retraite et qui ne cherchaient pas trop à entretenir le contact avec elle et son unité de « fous », réputée comme étant bien souvent source d'ennuis. S'ouvrir à eux de ses problèmes ne pouvait donc rien changer.

Pourtant, malgré ces conditions contraignantes, Carla aimait son travail et faisait preuve d'une grande abnégation à l'égard de « ses » personnes âgées.

Mais il ne lui était pas toujours aisé d'avoir ce même dévouement. Elle se débattait sans cesse pour ne pas négliger l'essentiel, et la lassitude, le découragement, à cause des difficultés à assumer ce rendement qu'on lui imposait, pourrissaient le quotidien. Ses collègues de jour les plus appliqués subissaient la même pression mais la résignation les faisait taire. Tous se rendaient bien compte qu'au nom des impératifs de gestion la direction fermait les yeux sur la médiocre qualité du service et en cette période de crise et de chômage, l'heure n'était guère aux revendications. Alors Carla, comme tant d'autres, de plus en plus les nerfs en pelote, se sentait éreintée.

*

* *

William délaissa l'entretien de son logement. Dévorant de temps à autre sans y penser un sandwich préparé à la hâte, il s'alimenta aussi de plus en plus mal.

Il manqua à son travail très souvent, ne prêtant guère attention à la succession des heures, des jours et des nuits.

Il ne répondit plus au téléphone, il finit d'ailleurs par le débrancher tant les rares sonneries l'exaspéraient. Il n'ouvrit plus sa porte à quiconque, collègue, voisin ou facteur. Bien des gens le pensèrent parti et, ne s'intéressant plus à sa boîte aux lettres, le courrier déborda bientôt. Ainsi il ne put trouver, parmi prospectus et factures accumulés, l'avis d'une lettre recommandée en souffrance à la poste, un courrier de son entreprise qui l'exhortait à se présenter rapidement, le menaçant de son licenciement imminent.

Tel un fantôme, il errait entre ses deux corps, épiant discrètement les allées et venues à l'entrée de l'immeuble de la belle inconnue, hantant l'appartement où jaunissait son trésor photographique, à l'affût du moindre détail, analysant chaque sensation qui lui parvenait. Mais il ne vit jamais aucune personne ressemblant à celle dont il s'était épris.

En associant les rares paroles que le vieillard pouvait prononcer, soliloquant ou s'adressant à son aide à domicile, et l'insignifiance des souvenirs qu'il croyait percevoir en lui, William parvînt peu à peu à pénétrer quelques bribes des pensées du vieux qu'il s'empressa de transformer en images. La jeune femme lui apparaissait alors comme dans le halot d'un rêve.

Toujours cette lumière de l'été, ce vent tiède qui se jouait des aiguilles de pin, caressant le si joli visage, et, nouveauté inattendue, des arpèges au piano qui s'évadaient d'une vaste demeure aux murs blanchis de chaux, s'harmonisant aux stridulations des cigales.

Ne sachant pas vraiment de qui provenaient ces impressions, du vieil homme ou de lui-même, de sa propre cervelle enfiévrée, il s'enfonça profondément dans un autre monde, passant alternativement de sombres cauchemars à d'éblouissants flots de couleurs, chevauchant des tourbillons vertigineux aux mélodies sirupeuses ou aux sonorités grinçantes, malmenant davantage son corps astral, distendant infiniment sa corde d'argent presque jusqu'à la rupture.

Allongé dorénavant sur son lit aux draps sales et froissés, il n'émergea de cet état seulement quelques minutes par jour et dépérit rapidement.

Durant ses rares moments de lucidité, il s'apercevait bien qu'il allait trop loin, mais il demeurait obsédé par cet amour qu'il éprouvait pour la toute première fois de son existence et rien ni personne n'aurait pu le tirer de cette absurde passion.

Il allait sombrer inexorablement dans la démence, ou peut-être la mort, quand un matin très tôt, faiblement, du lointain de son effondrement, il entendit qu'on appelait quelqu'un, une supplique qui lui parut incontestable et, bien qu'il ne put en définir la provenance, une lueur d'espoir vint colorer son drôle d'enfer. Il percevait une voix inconnue, homme ou femme, il n'aurait su le dire, qui prononçait le prénom : Carla.

Pour lui, après ces sombres tourments, c'était une chose merveilleuse à laquelle il allait enfin pouvoir s'accrocher.

Et soudain, comme aspiré par une force implacable, sans qu'il n'ait plus définitivement aucun contrôle sur sa vie, son enveloppe invisible fut transportée en ce lieu magique dont il rêvait depuis si longtemps. Il se retrouva ainsi dans la chaude lumière estivale à marcher d'un pas léger en direction d'un banc de bois où était assise une jolie jeune femme brune qui offrait ses sourires au soleil.

*

*   *

– Bonjour. Mais, dites-moi, je vous fais si peur que ça ?

– Euh ! Bonjour. Non, c'est que…

– Approchez-vous. Vous pouvez vous asseoir près de moi si vous le désirez, ces bancs sont à tout le monde.

– Je vous remercie mais… c'est que je ne voudrais pas vous déranger.

– Vous ne m'importunez pas, vous savez. Je suis même un peu flattée par tant de délicatesse à mon égard.

– Comment ça ?

– Oui, d'habitude, les hommes me font une cour bien moins discrète. De vrais paons, tout gonflés d'orgueil, sûrs d'eux-mêmes. Les pauvres, que vont-ils s'imaginer ? Que je suis une oie blanche, trop innocente pour reconnaitre leurs gros sabots ?

– Mais, mademoiselle, je ne vous drag…

– Madame, s'il vous plaît. Je suis une femme mariée. Désolée de vous l'apprendre.

– Oh ! Excusez-moi, je ne savais pas. Mais, je ne vous… je ne vous fais pas… la cour.

– Allons donc, osez avouer que vous êtes là à roder près de ma demeure depuis tous ces jours seulement par pur hasard !

– Mais… c'est la première fois que je viens.

– Soyez sincère, s'il vous plaît Monsieur, ou bien vous allez me fâcher ! Cela fait déjà longtemps que je vous observe, passant et repassant devant la propriété de mes parents. Vous avez l'air si timide, osant à peine regarder dans ma direction. C'est très touchant, vous savez.

– Je suis désolé, Madame, j'ai dû vous sembler… euh, un peu idiot. C'est que je n'ai pas souvent rencontré une personne telle que vous. Vous êtes si…

– Attention, vous allez dire des bêtises. Si nous commencions plutôt par le commencement. Nous pourrions peut-être faire les présentations.

– C'est vrai. Désolé, je manque vraiment de savoir vivre. Je n'ai pas trop l'habitude. Je… Euh… Excusez-moi ! Voilà, je m'appelle… William.

– Et bien, enchantée, William ! Mais s'il vous plaît, arrêtez de vous excuser à chaque instant, vous allez finir par me gêner. Moi, c'est Edwige.

– Edwige ? Vous ne vous appelez pas Carla ?

– Carla ? Quel drôle d'idée ? Où êtes-vous donc allé pêcher un prénom si bizarre ? Ça sonne espagnol, non ? Ah, décidemment, vous êtes bien romantique, Monsieur William, bien charmant. Carla, Carla ?

*

* *

– Mme David ? Vous vous êtes encore levée. Il est 1 h 45, vous n'êtes pas raisonnable. Que va penser votre mari s'il vous voit encore si fatiguée demain.

– Carla ! Oh, ma petite Carla, si vous saviez. Je suis bien trop excitée pour pouvoir dormir. Il est revenu me voir et cette fois, nous nous sommes parlés. C'est un garçon si agréable. Je crois que j'ai un peu le béguin pour lui. Je peux compter sur vous, Carla, il ne faudrait pas que mon Albert soit au courant. Il est si jaloux, je crois bien qu'il se fâcherait s'il apprenait que ce jeune homme vient me parler.

– Mais qui vient vous voir, Mme David ? Nous sommes en pleine nuit et la maison de retraite est fermée. De toute façon, à cette heure-ci les visites ne sont pas permises. Vous avez dû rêver.

– Mais non, je l'ai bien vu et nous nous sommes parlés, je vous dis.

– Je vous assure, Mme David, que vous avez dû faire un rêve. Agréable peut-être, mais cela reste un rêve.

– Vous ne me croyez pas, hein ? Vous ne me croyez jamais ! Je ne suis pas folle, vous savez ! Vous ne me croyez pas ? Alors allez-vous-en ! Laissez-moi tranquille, vous m'entendez ! Partez de chez moi ! Sortez de chez moi !

– Calmez-vous, Mme David, vous êtes en maison de retraite. Il faut aller vous recoucher maintenant.

– Allez-vous-en ! Allez-vous-en !

– D'accord, d'accord, je vous crois, calmez-vous, calmez-vous, je vous crois. Et ne vous inquiétez pas, tout ça restera entre nous, je saurais être discrète.

– Oui, oui… Bon… ! Vous voyez bien que je n'ai pas rêvé alors… Je n'ai même pas fermé l'œil. Bon voilà, je me calme. Je vous saurai gré de votre discrétion, ma petite Carla. Merci !

– Je suis sûre qu'il doit être très beau, votre amoureux.

– Oh, non, il n'est pas vraiment beau et ce n'est pas mon amoureux, vous savez, il ne faut pas dire cela. C'est encore un peu prématuré de parler ainsi. J'attends de mieux le connaître. Il est si emprunté, si timide, le pauvre. Et je ne peux pas tromper mon cher Albert, vous comprenez. Mais c'est si touchant, si séduisant.

Tout en discutant avec elle, Carla aida Mme David à regagner sa chambre et elle s'étonna de la toute nouvelle docilité de cette dernière. Son visage semblait plus détendu qu'à son habitude et elle souriait presque. Ah si chaque nuit pouvait ressembler à celle-ci, Carla pourrait respirer un peu et appréhenderait moins les déambulations permanentes de l'explosive vieille dame. Qui sait combien de temps elle serait ainsi, plus douce, agréable ? Elle se laissa même faire quand Carla la soutint pour l'allonger sur son lit. Elle accepta sans jérémiades, sans pleurs ni insultes, sans gestes violents, d'être touchée, couchée, rebordée. Carla n'en crut pas ses yeux. Elle se mit alors à songer à ces dernières semaines où elle avait fait tout son possible pour ne pas sombrer.

En cette fin d'année, Carla était à la peine. Son divorce récent, l'horrible trou noir de son budget, les sempiternelles critiques de sa mère, jour après jour tant d'épreuves accumulées l'avaient sévèrement déstabilisée. Et son travail commençait à lui peser : le manque de sommeil, ses relations avec des collègues tout aussi déglingués qu'elle, le service déplorable qui avait pour conséquence le confort des résidants dégradé, ce qu'elle avait bien du mal à admettre, et, point d'orgue de ces conditions rebutantes, les crises incontrôlables de Mme David… Tout cela finissait par la démotiver et chaque soir lui semblait une éprouvante pénitence.

Alors à chaque temps libre, pour bâillonner ses angoisses, comme au plus fort des jours de sa triste adolescence, elle se réfugiait dans ses chères lectures. Elle était surtout fascinée par la mort et elle lisait tout ce qui avait trait à cet ample sujet. Bien qu'elle ne soit fidèle à aucune religion, elle s'était ainsi peu à peu persuadée de l'importance de la spiritualité. A sa manière, elle croyait, à une existence dans l'au-delà, à des êtres supérieurs qui la guideraient, en un but infini qui lui serait révélé en un lointain avenir. Cette foi, tout à fait personnelle, lui dictait ses choix, elle en tirait sa force et sa patience, son espoir en un futur meilleur, pour elle, pour tous. Elle déviait rarement de cette vision sage et quand les jours devenaient plus sombres, quand l'adversité lui creusait trop de pièges, du plus profond de son esprit elle priait, demandant qu'on veuille bien un peu soulager sa peine.

Ainsi, depuis quelques semaines, elle implorait les êtres de l'invisible de l'aider à ne pas craquer devant le comportement exécrable de Mme David ou d'intervenir pour que la vieille femme se calme, pour que ses nuits de travail ne se transforment pas en d'irrémédiables cauchemars.

– Oh, ma petite Carla, vous êtes bien gentille, ce soir. M'avez-vous déjà vue jeune ?

– Non, Mme David, comment aurais-je pu ? Je ne vous connais que depuis peu. Et je ne sais pas si j'étais née à l'époque de votre jeunesse.

– Oh ! C'est vrai que je suis vieille ! Alors… Alors comment peut-il me faire la cour si je suis si vieille ? Comment peut-il me trouver jolie ? Oh, ma petite Carla, pourquoi me ment-il, pourquoi vient-il me regarder sans arrêt ? Mais pourquoi ?… Tout est si confus dans ma tête… Pourquoi je ne comprends plus rien ?

– Il faut vous reposer, madame, il est très tard et vous avez encore beaucoup marché ce soir. Vous ne voulez pas essayer de dormir un peu.

– J'ai des photographies.

– Comment ?

– Oui, j'ai des photographies dans le tiroir de mon armoire. Vous ne voulez pas les regarder avec moi. Mon mari, mes enfants, mes petits enfants… Non, pas mes petits enfants, je ne peux pas être déjà grand-mère… Il y a si peu de temps que nous sommes mariés avec mon Albert, ce n'est pas possible… Je ne peux pas être si vieille. Oh ! S'il savait que ce jeune homme vient me parler, il deviendrait fou de rage… Des photographies… Oui… Dans le tiroir de mon armoire… Quand j'étais… Quand je suis jeune… Prenez-les ! On va les regarder ensemble.

– D'accord, j'ai un peu de temps devant moi mais après vous me promettez de dormir.

– Je suis belle, vous savez, sur ces photos. Et mon Albert est si séduisant… Nous adorons la Provence et la Côte… Nous y allons chaque été… Oui, mes parents y possèdent une agréable maison dans le village tranquille de Giens. Elle est située tout en haut de notre presqu'île, une ruelle délicieuse plantée de vieux pins parasols, un peu à l'écart, à proximité d'un petit square. D'un côté, nous avons une vue superbe sur la baie et, de l'autre, nous pouvons admirer les îles : Porquerolles, Port-Cros. J'adore aller dans ce petit parc m'asseoir sur un banc pour lire, pour contempler la Méditerranée ou pour rêver de tout et de rien. C'est si paisible.

*

*   *

Ce n'était pas qu'il ne se sentait pas bien en ce lieu mais il lui était désormais impossible de s'en échapper. Le ciel limpide, et ce feu de l'été provençal, l'aidait bien sûr à oublier la grisaille de sa triste ville en cette fin d'automne, mais outre l'endroit, il avait beaucoup de difficultés à comprendre comment et pourquoi il avait également changé de saison. Bien qu'il soit un rien en colère contre lui-même pour son manque d'assurance, il était heureux d'avoir pu enfin parler à la jeune femme de la photo, pour lui devenue bien réelle, et elle, semblait charmée par leur rencontre. Mais cette situation s'avérait invraisemblable et il se sentait de plus en plus nerveux. Ce qui l'inquiétait davantage était qu'il n'ait pu la raccompagner au moment où elle regagnait sa demeure. Et qu'il ne puisse se rendre nulle part ailleurs sur la presqu'île commençait vraiment à l'effrayer. Sa vie ne lui obéissait plus. Il n'avait aucun moyen de quitter ce square endormi sous les pins. Le ciel et le soleil demeuraient invariablement les mêmes, il ne percevait plus le défilement des heures. Chose plus dramatique encore à ses yeux, sa corde d'argent s'éloignait de lui indéfiniment, vers l'horizon insaisissable, et il ne savait plus comment retrouver son corps physique.

« Edwige ! » Le seul lien qui le rattachait à cet endroit était elle et il en connaissait bien trop peu à son sujet. Daignerait-elle venir le revoir ? Elle était mariée, pourquoi l'aurait-elle fait ? Et pourquoi se compromettre pour lui, pour quelqu'un comme lui, un être si insignifiant ?

Il errait seul dans un univers vide où le temps s'était arrêté. Il suffoquait dans une atmosphère étrangère au bleu irréel, coupé de la réalité, à mille lieux de la Terre, à mille lieux de son ancienne vie. Il ne contrôlait plus rien.

Ses néfastes pensées s'évanouirent, il retrouva son souffle quand soudain la jeune femme réapparut, nymphe blanche dans l'ombre éclatée de lumière, troublante mélodie mêlée au bruissement des branches habitées par le vent, au chant d'amour des cigales. Et comme si tout était normal, la conversation reprit sans le moindre étonnement de part et d'autre.

– Vous êtes ici pour les vacances ? Je ne vous ai jamais vu auparavant ? Giens n'est pas très grand et j'y connais beaucoup de monde.

– Ce n'est pas vraiment ça… mais ce serait trop long à vous expliquer. Disons que je vous ai remarquée, et que vous m'avez tout de suite plu et que…

– Mais que pouvez-vous bien attendre d'une femme mariée ? Je ne vous céderai jamais, vous savez. Mon mariage est récent et j'aime mon mari. À la rigueur si vous le souhaitez, nous pouvons être de bons amis mais nous nous en tiendrons là.

– Ce serait déjà beaucoup pour moi. Euh… dites-moi,… pardon de vous paraître indiscret mais… j'aurais bien aimé vous questionner sur un détail qui m'intrigue. Euh…, voilà, posséderiez-vous, par hasard, un appartement dans une autre ville ?

– Oui, bien sûr, dans le centre de la France. Mais… comment savez-vous ça ? Je dois vous avouer que vous commencez à m'inquiéter. Il y a longtemps que vous m'espionnez ?

– Non, non, ce n'est pas ce que vous pensez… Je suis désolé. C'est… c'est une longue histoire, et vous ne me croirez pas si je vous la raconte.

– Oh oui, ça, j'en doute fort !

– C'est en vous voyant sur une photo que vous m'avez séduit.

– Une photo ?

– Oui, une photographie de vous, assise sur un banc, pareil à ces bancs, dans un endroit qui ressemble à ce square.

– Oui… Je vois ce que vous voulez dire. C'est mon mari Albert qui a cette marotte. Il débute mais il est très doué, vous savez. C'est lui qui m'a fixée sur la pellicule, il y a peu, exactement ici. Mais je ne comprends pas. Comment auriez-vous pu voir cette épreuve, il vient à peine de la développer ? À moins de connaître mon mari…

– Non, non, je ne le connais pas, c'est dans cet appartement, dans votre appart…

– Oh, j'y suis… C'est Carla qui vous a parlé de ces photographies, c'est ça ? Vous connaissez cette Carla ! C'est bien vous qui m'avez parlé d'elle la première fois que nous avons discuté.

– Mais non, non, je ne connais pas de Carla !

– Oh si, bien sûr que si ! Vous mentez. Je suis sûre que vous mentez. C'est à elle que j'ai montré mes photographies dernièrement. Ces photographies de ma… Oh non ! NON !

*

*   *

– Ça va Mme David ? Vous avez crié, tout va bien ?

– Carla ! Sale petite créature ! Vous lui avez montré mes photographies, c'est ça ?

– Que voulez-vous dire ? J'ai montré vos photos à qui ?

– Ne faites pas l'innocente, je sais bien qu'il est votre complice. Il n'y a qu'à vous que j'ai appris son existence… Et là, il me parle d'une photo… J'avais confiance en vous…

– Calmez-vous, Mme David, vous avez fait un cauchemar tout simplement. Il est vingt trois heures quarante cinq. Je suis passée tout à l'heure et vous dormiez paisiblement. Je vous assure que vous avez dû rêver.

– Allez, inutile de nier, votre complice est là avec nous. Vous pouvez avouer maintenant. Osez donc dire devant lui que vous ne vous connaissez pas !

– Mais madame, à part nous deux, il n'y a personne d'autre dans cette chambre.

– Cessez de vous moquer de moi, petite sotte, je vous affirme que William est ici. Il est là, près de la fenêtre. Mais parlez donc, William, un peu de courage, dites-nous la vérité sur cette histoire de photos.

– Mme David, je vous assure qu'il n'y a personne en dehors de nous. Ce monsieur William n'est pas là. Il n'est que dans votre tête. Allez, il faut vous calmer maintenant et essayer de vous rendormir.

– Mais il est là, près de la fenêtre. Voyez son air ahuri à cet hypocrite ! Ne faites pas les étonnés, votre petit stratagème est découvert. Vous pensiez pouvoir me tromper facilement, moi, Edwige David. Ah, ah, laissez-moi rire !

– Bon, bon, je vous crois, je vous crois, calmez-vous, je vous en prie, ne vous énervez pas. Ce monsieur William, est-ce bien ce monsieur dont vous m'avez parlé la nuit dernière, quand nous avons regardé vos photos ?

– Mais oui, bien sûr que c'est lui. Tenez, regardez-le, il a l'air complètement… William, vous allez bien ?… Vous avez un drôle d'air ?… Mais qu'avez-vous William, vous semblez si pâle, comme si vous aviez vu un spectre ?

*

*   *

Les portes de l'enfer s'étaient refermées sur lui.

Dès l'instant où Mme David s'alarma de son état, sa corde d'argent se tendit et William quitta le lumineux décor provençal, cette image du passé. Suivant bien involontairement l'esprit de la belle Edwige qui allait et venait entre ses différents âges, il la retrouva en chair et en os à l'unité d'Alzheimer de la maison de retraite « les Eaux Claires » où elle lui apparut alors dans toute sa triste réalité, comme la vieille femme édentée qu'elle était devenue. Le choc émotionnel fut pour lui très violent car le lien lumineux qui le reliait à la vie se rompit aussitôt et, sans plus de souffrance, il atteignit ainsi le terme de son existence absurde.

À présent qu'il se savait irrémédiablement mort, il s'étonna encore de n'avoir pas sombré dans le néant ; sa conscience demeurait très claire et son corps astral était intact.

Qu'il soit en cet état intermédiaire n'était pas vraiment pour lui une chose si terrible, il y avait trouvé beaucoup de plaisir et de douceur avant ces dernières heures, mais maintenant il avait grande hâte que cela évolue. Car, ridicule prisonnier de sa condition vaporeuse, invisible aux yeux de tous, sauf à ceux de Mme Edwige David, il se savait maintenant bel et bien transformé en fantôme et, jour après jour, il devenait le souffre douleur de cette pauvre dame de quatre vingt ans, définitivement captif de ses divagations.

Tous ceux qui connurent Mme David ces toutes dernières années jugèrent sa métamorphose spectaculaire : elle était aujourd'hui une adorable grand-mère qui souriait sans cesse. Son mari Albert eut la nette impression de la retrouver comme aux plus belles heures de leur jeunesse. Les aides soignantes et les agents de vie furent éberlués par cette soudaine transformation. Le docteur Auzin, médecin coordonnateur des « Eaux Claires », attribua ce changement à la bonne qualité des soins de son personnel, à cet excellent traitement qu'il avait su administrer à sa patiente et il ne manqua pas de s'en féliciter à plusieurs reprises auprès de ses illustres confrères de la région.

Carla, quant à elle, n'eut plus aucun doute : elle était dorénavant convaincue du grand pouvoir de ses prières. Et chaque nuit, elle put ainsi se réjouir des touchantes relations que la vieille femme entretenait avec son ami imaginaire.

« – Alors, cher William, que pensez-vous de cette robe, elle me va bien, n'est-ce-pas ? C'est celle que je portais pour le baptême de ma fille. Elle ne fait pas trop vieillotte ? »

« – Cher William, vous pourriez aller voir ce qu'elles font, ces bonnes à rien, elles ont encore oublié mon thé. Il faut être plus sévère avec le personnel, je vous assure. Elles n'en font qu'à leur tête. »

« – Cher William, parlez-moi encore de notre rencontre sur la presqu'île, c'était si romantique… Vous pouvez me jurer qu'il n'y a rien entre vous et cette Carla. Jurez-le moi, William, jurez-le moi, je vous en prie ! »

« – Oh, cher William, votre présence me fait un bien fou, vous savez. C'est tellement gentil à vous de passer me voir tous les jours. Vous illuminez ma vie, mais chut, pas un mot à cette Carla, n'est-ce-pas, elle dirait tout à mon mari. Il a mauvaise mine, ces derniers temps, mon Albert, ne trouvez-vous pas, cher William ? »

À propos d'Innocents reflets

« Le Loir littéraire », association d'une ville de la Sarthe, me transmit un jour par mail le thème de son nouveau concours : « Miroir(s) ». Ce message enregistré sur mon disque dur, et au fond de ma cervelle, s'est fait tout petit, tout petit, jusqu'à ce que je l'oublie.

Je jette souvent un œil les après-midi à l'émission « Les enquêtes impossibles » présentée par Pierre Bellemare. Je vous vois sourire, mais n'en faites rien, cette émission est très instructive et nous apprend beaucoup sur la science médico-légale et les différentes législations des pays anglo-saxons.

Je découvrais qu'ainsi, aux Etats-Unis, on pouvait condamner certains assassins à deux fois la prison à vie. C'était pour moi un fait très étonnant.

Puis le fameux thème oublié de mon concours rejaillit soudain à la surface. J'avais une idée.

Après un travail de recherche sur la peine capitale américaine et la perpétuité française, je m'attelai à la rédaction de mon texte. Il était grand temps, la date limite du concours était imminente.

D’innocents reflets

De la paume de sa main Guillaume essuya la buée du miroir, une tache de rouille sur le tain lui apparut alors comme la carte d’un minuscule pays imaginaire. Il ne se reconnaissait pas. Ces salauds l’avaient massacré. Chacun à sa manière, ses codétenus et cet apprenti du barreau avaient fait de lui un monstre.

Quelques semaines auparavant, lors de son procès, son jeune avocat avait démontré toute l’étendue de son talent, c’est-à-dire d’une superficie à peu près équivalente à celle de cette contrée fictive jaillie sur ce miroir.

Maitre Geignard s’était pris les pieds dans les grosses ficelles de sa défense, sans doute tirées de la lecture d’un petit manuel à l’usage du bon idéaliste, du pâle chevalier protégeant l’orphelin de la veuve. Sa plaidoirie avait mêlé sans vergogne, la triste absence du père, l’alcoolisme des voisins et amants de sa mère, cette dégradante époque du « tape à l’œil », l’immoralité des internats et d’internet, et le sémillant plaideur avait conclu par un « ce n’est pas de sa faute » qui avait démontré et installé dans l’esprit des jurés la culpabilité de son client bien plus sûrement que ce « faisceau de présomptions », les malheureuses coïncidences que la police avait bien eu du mal à métamorphoser en preuves. Guillaume n'avait pas compris pourquoi cet enfoiré d'avocat n'avait à aucun moment prononcé le mot : innocence. Car il était innocent de ce crime ignoble. Il n'était pas un ange, d'accord, il voulait bien l'admettre, un piètre dealer, un escroc de faible envergure, un sale con, mais le violeur et l'assassin d'une gamine, ça non, mille fois non…

Perpétuité. Il se souvenait d'un des discours du nouveau Président de la République lors de sa campagne présidentielle à propos de justice : « Assez de ces actes barbares, j'entends proposer au Parlement une loi d'exception punissant les crimes de récidivistes, ceux commis à l'encontre d'enfants, de personnes vulnérables, ceux à caractères sexuels ou pédophiles particulièrement odieux, une loi qui imposera systématiquement une perpétuité réellement incompressible sans plus aucune possibilité de remise de peine pour raisons médicales ou autre. » Ainsi, quelques mois après l'arrivée de ce nouveau locataire à l'Elysée, cette loi avait été votée.

Condamné à vie. Guillaume, à l'annonce de ce verdict, avait senti le froid de la lame sur son cou. La désuète boucherie des anciennes heures du châtiment à la française était depuis longtemps abolie mais elle avait jeté tant de ses seaux de sang sur le pavé des places qu'en un instant il avait vu son âme damnée planer au-dessus de foules haineuses, se liant à jamais à ces milliers de têtes tombées dans le panier, empli du bon grain et de l'ivraie, le crime et l'innocence maculés de la même honte.

Perpétuité incompressible. Pour un innocent, cette peine de vie trancherait sans doute chacun des jours plus terriblement que l'effroyable couperet.

Et les premiers de ces jours n'avaient nullement démenti ses appréhensions.

Premières promenades dans la cour de la Centrale et premier passage à tabac perpétré par de « vrais » mecs. La jungle carcérale accomplissait son œuvre de « rééducation », orchestrée par le flux ininterrompu qui jaillissait des fenêtres médiatiques, télé et internet, offertes à la frustration de ces reclus, milliers d'images mercantiles et perverses, nauséeuses séries, buzz et pubs, reality-shows, infos, faisant l'apologie du vulgaire, instaurant la banalisation de la violence, démontrant l'obsession de l'horrible ; signes, symboles, messages, illusions, loin du cœur nécrosé et des yeux crevés d'une société bêtifiante.

Guillaume scrutait son visage dans ce miroir vieilli. Il avait voulu profiter un peu de ce moment de calme dans les va-et-vient de l'infirmerie pour s'examiner plus attentivement. Sous la succession des coups de poings reçus, sa peau s'était gravement déchirée, son nez tuméfié et fracturé avait pris des proportions et des teintes risibles. Bien que de nombreux endroits de sa face soient cachés sous des pansements sanguinolents, il comprenait que ses blessures étaient loin d'être superficielles et que de cette correction subsisteraient d'horribles cicatrices.

Il était brisé, humilié, se sentait trahi par la vie, il aurait aimé cogner à son tour contre cette misérable crapule qui le fixait dans ce miroir. Il voyait ce regard ordinairement dur, bourré d'orgueil, maintenant larmoyant, rougi d'effroi. Qu'était-il devenu ? Il était innocent. Innocent ! Ce terme avait-il encore un sens pour quelqu'un, en ce monde dévasté par la haine. Il scrutait ce visage, son propre regard devenu étranger. Il cherchait à comprendre. Peut-être voulait-il retrouver cette innocence au fond de son âme, qu'il puisse la faire jaillir de son reflet, qu'enfin une image lavée, immaculée, réfléchie par cette glace au tain rédempteur, devienne sa véritable identité, efface le gâchis de sa jeunesse perdue…

Ses yeux plongèrent dans ceux renvoyés par le verre. L'iris s'ouvrit grand sur une pupille d'un néant profond, l'obscure membrane aspirait les milliards de photons que ne réfléchissait pas le miroir, absorbait une partie de l'univers comme le ferait un infime trou noir, courbant l'espace, contractant le temps. Les cellules sensorielles de la rétine décomposaient la lumière, la transformaient en influx nerveux aussitôt transmis aux aires visuelles du cortex, faisant émerger en l'esprit une représentation déformée du monde. L'œil réel de Guillaume percevait celui reflété, mais cet œil reflété trahissait Guillaume en l'amenant à croire à sa réalité. Détresse, terreur et haine, ces sentiments destructeurs affaiblissaient l'équilibre mental du jeune voyou et il perdait pied peu à peu.

Puis comme en un zoom arrière, l'œil commença à s'éloigner, cils, orbites, proéminences des arcades sourcilières, sourcils foisonnants, le front, le nez large, la bouche aux lèvres épaisses, un sourire s'ouvrant sur des dents jaunies, les traits du visage se redessinèrent… Mais les pansements avaient disparu, les hématomes et les blessures sévères également. Il ne se reconnut pas. L'homme en reflet qui le regardait n'était plus lui.

Le sourire de l'homme se transforma en rictus. D'un geste vif, il passa sa main dans ses cheveux sombres, une main énorme, crevassée par endroit. Il se retourna bientôt, s'écarta du lavabo. Le regard de

Guillaume s'attacha à celui de l'homme et avec lui s'avança dans l'espace de la salle de bains puis dans le reste de l'appartement. Ce décor semblait étrangement familier à Guillaume, les pas rapides que faisait l'inconnu également. Il voyait chaque objet comme l'homme pouvait le faire ; il marchait avec lui, respirait son air, vivait en lui, ruminait ses pensées…

Au fond de cet esprit, il imaginait des corps de femme qu'il dénudait de mouvements brusques, arrachant les étoffes légères, frappant les visages qu'il ne regardait même pas…

Le crissement du tissu qu'on déchire, les cris d'effrois, l'impact des coups, les hurlements de ces femelles : seuls ces sons lui importaient, ils gonflaient en lui un orage naissant, ils se répercutaient sur la peau d'un tabla intérieur et s'amplifiaient, accélérant ses gestes, son rythme cardiaque, son irrésistible appétence. Son obsessionnelle violence se muait rapidement en un désir sexuel intense qui l'illuminait totalement. Il aurait marché des jours dans l'éblouissement de cette lumière.

L'homme entra dans la chambre, s'arrêta près du lit où sa compagne dormait, où elle feignait de dormir. Il le savait, il le sentait. Il aurait pu retirer les draps sales, se jeter sur elle, écarter ses cuisses, se repaître de sa douleur, éteindre partiellement en elle cette pulsion qui brûlait son âme mais il n'en fit rien. Il avait déjà agi ainsi auparavant, les premières semaines de leur vie de couple, mais elle avait si étrangement admis ses assauts qu'il éprouvait maintenant une sorte de honte à laisser ces actes enivrants dévaster leur existence. C'était surprenant mais il avait fini par aimer cette fille banale qui, par faiblesse, peur ou indulgence, consentait à l'inacceptable et savait ainsi susurrer au lointain de sa conscience cette petite mélodie qui assiégeait son mal, l'annihilait pour un instant.

Il marmonna entre ses dents et sortit en claquant la moustiquaire du misérable logement en préfabriqué. Il s'engouffra dans sa vieille Ford qui démarra en hoquetant. En lui resurgissait le prédateur indomptable qui tailladait ses sens, éclatait ses pensées, le conduisant inexorablement vers sa prochaine victime.

Killian Clark procédait à chaque fois de la même façon ; il sillonnait des heures les voies des comtés environnants, un scénario, à force d'habitude et de manque d'imagination, devenu pour lui idéal.

Aux Etats-Unis, cette fin de la décennie 60 voyait dériver sur les routes des centaines de jeunes gens, cheveux longs, chemises ou robes à fleurs, rendus peu farouches par la diffusion d'idées nouvelles, par l'absorption de psychotropes, qui partaient rejoindre les communautés hippies de l'Ouest. Filles souriantes, autostoppeuses qui avaient parfois l'inconscience de voyager seules, devenant pour Killian d'ensorcelantes incitations.

Les premières fois, seule son irrépressible voracité sexuelle le poussait à agir. Mais tourmenté par l'idée que sa victime puisse le dénoncer et également stupéfait, presque émerveillé par cette toute nouvelle exaltation que lui procurait l'absolue terreur exprimée par les regards suppliants, il en vint à commettre bientôt des actes plus définitifs.

Ce jour-là, la malchanceuse jeune femme qu'il aperçut et qu'il se proposa de conduire, une fois montée dans la Ford poussiéreuse, fut perdue. Il roula très longtemps, s'éloignant du lieu de l'enlèvement, au tout début, affable, bavard, rassurant. Puis à l'approche du crépuscule, il quitta les routes fréquentées pour des chemins de traverse où il ne risquait plus de rencontrer quiconque. Sourd aux cris et aux prières proférés par la malheureuse, il l'entraina à l'écart, à l'abri de bosquets, de hautes herbes, la frappa violemment sur toutes les parties du corps, déchira ses vêtements, la viola, la tortura, cogna son visage jusqu'à l'évanouissement ; il fuma de nombreuses cigarettes, téta avidement le goulot de sa flasque à whisky, puis il réveilla sa proie, de nouveau laissa exprimer sur elle sa fureur, sa frénésie sexuelle et barbare. Il en fut ainsi durant une grande partie de la nuit.

Au matin, aux premiers éclats de l'aurore, comme le pantin sanguinolent geignait et semblait s'entêter à le supplier encore malgré une respiration très faible, il l'acheva d'un lacet serré autour du cou. Killian abandonna là l'être sans vie et rentra chez lui non sans avoir effectué de très longs détours à travers tout l'Etat.

Guillaume eut un violent haut le cœur et s'arracha littéralement du miroir. Il ne put réprimer ce reflux de son estomac et vomit bruyamment dans le lavabo.

Qu'y avait-il dans cette glace ? Qui était cet être démoniaque qui l'avait choisi comme spectateur, voyeur de ses gestes épouvantables ?

Il se passa un peu d'eau sur les parties de son visage demeurées intactes, il but directement au robinet, n'osant jeter un regard aux terrifiants éclats. Mais il était comme hypnotisé par cet insignifiant rectangle de verre où, loin derrière le reflet de ses traits meurtris, Killian, impassible, paraissait l'attendre.

Quelques semaines après, les équipes du sheriff des comtés où furent découvertes les agressions sauvages, soutenues par les fédéraux, diffusant de nombreux appels à témoins dans tout l'Etat, eurent bien peu de peine à localiser le tueur. Abigail, la compagne de Killian, à l'écoute des radios qui décrivaient l'horreur, tiraillée par le doute, de plus en plus convaincue d'être en sursis dans le lit d'un monstre, laissa un message anonyme au standard des enquêteurs.

Killian, bien qu'opposant peu de résistance, avoua difficilement les viols et ces meurtres dont il avait néanmoins de si éblouissants souvenirs. Deux corps mutilés de jeunes filles avaient été retrouvés, mais la mémoire du tueur entremêla les images et il fut incapable de différencier les visages et les lieux, de restituer les scènes de crime. La seule évocation des faits, les précisions que lui apportaient les agents fédéraux, le plongeaient à nouveau dans la merveilleuse brûlure d'un désir fulgurant métissé de fureur et ces hommes pourtant endurcis se pétrifièrent à chaque fois à la vue des scintillements diaboliques qui fusaient dans ses yeux.

En Juillet 1970, le verdict fut aussi impitoyable que ces actes pour lesquels il était jugé : deux condamnations à l'exécution par injection létale.

Killian entama alors, au cœur de l'enfer pénitentiaire, une longue marche de funambule, entre espoir et détresse, entre la vie et la mort, sur ce fil tortueux de la justice américaine.

Mais, fait inattendu, en 1972 la Cour Suprême des Etats-Unis jugea la peine de mort anticonstitutionnelle sur l'ensemble du territoire des Etats-Unis et commua ainsi ce châtiment estimé « Cruel and Unusual Punishment » en perpétuité incompressible. Profitant à quelques innocents condamnés à tort mais aussi à beaucoup de vrais criminels et notamment à Killian Clark dont la peine fut transformée en deux condamnations de prison à vie, cette courte parenthèse d'humanité se referma en 1976 quand certains Etats sous la pression populaire, par le biais de référendums ou en modifiant délibérément leur législation, rétablirent la peine capitale.

Les mains appuyées au rebord du lavabo, Guillaume respirait fort. Il avait une effrayante impression de déjà-vu, comme si ses yeux gonflés assistaient à la rediffusion d'un film ignoble, entraperçu autrefois bien malgré lui.

Il ressentait tellement cet autre corps, ces frissons du désir qui subjuguaient Killian, cette explosion imminente sous sa peau, ces pensées obsédantes qui submergeaient sa raison.

Et puis cette sombre menace à l'annonce de l'implacable sentence, cette joie cruelle quand on lui apprit qu'aucune substance mortelle n'annihilerait sa vie. Il revisitait chaque instant de l'existence du tueur.

Il survolait ses jours, les mois, les années de pénitencier. Les insultes, les vociférations haineuses, les intimidations violentes des caïds, les éclairs brillants dans l'ombre, les pugilats nés de tout et de rien, ces bagarres collectives auxquelles il était à chaque fois fortuitement mêlé et qui n'avaient à ses yeux soupçonneux, en son esprit persécuté, qu'un seul but : le massacrer, finir ce job que la frileuse justice des hommes avait délaissé.

Vingt cinq années passèrent ainsi en accéléré dans ce miroir, devant le regard halluciné de Guillaume.

On oubliait Killian comme Killian oubliait l'innommable vertige de sa vie. La routine écrasante de la prison à laquelle nul n'échappait avait extirpé de lui les émotions les plus furieuses, son passé abject s'estompant peu à peu mais sans pour cela qu'il ne se diluât dans aucun remord.

Jusqu'à ce sombre matin où un mot, un geste mal interprété, suffit à mettre un terme à cette lourde éternité. Un tout jeune condamné, cherchant sans doute à marquer les esprits, provoqua l'ultime querelle et, en une attaque fulgurante, lui planta la lame de son couteau clandestin dans le cœur.

Depuis ce temps que Killian attendait et redoutait le jaillissement de l'intolérable souffrance, il fut surpris de ne ressentir à cet instant qu'une brève douleur. Il vit le sang poisseux, sur l'acier effilé qui se retirait de lui, sur les mains de son agresseur au visage exultant de haine, et il s'étonna d'être si indifférent à tout. Un long moment après, il eut conscience de son corps qui s'effondrait. Il tomba sous les hurlements des autres détenus, leurs ricanements cruels qu'assourdit un épais coton…

Ce fut tout d'abord une chute lente, métamorphosée ensuite très vite en un tourbillon noir mugissant, et qui s'accéléra brutalement, aspirant sa maigre lueur, écrasant l'espace, stoppant le temps…

Au plus profond de ce néant, il se mit à tournoyer à une vitesse démesurée. Sa conscience se disloqua, assaillie par des sons insupportables, les bruits mats des coups de poings, les crissements sinistres des tissus qu'on déchire, la clameur des lamentations de ses victimes, leurs pleurs, leurs cris horrifiés, leurs suppliques. Son esprit se substitua alors à celui de ces filles massacrées, explosa sous la douleur de ses propres coups, s'écartela violemment devant sa frénésie vorace…

Il ressentit ainsi, au plus profond d'une chair un éternel instant ressuscitée, la terreur, l'infernale brûlure que provoquaient en lui ses propres assauts se répétant sans cesse.

Il demeura si longtemps dans ce chaos de son âme, tourmenté, broyé par ces souffrances infinies…

Jusqu'à ce qu'une lumière prodigieusement vive en un instant apparaisse et l'anéantisse. Jusqu'à ce qu'il s'évanouisse dans cette clarté sublime et miséricordieuse.

Non sans difficulté, Guillaume émergea peu à peu de la vase fétide dans laquelle Killian l'avait plongé. Il se sentait épuisé. Il aurait voulu retrouver son lit, s'allonger quelques temps et puis dormir, dormir toujours, mais il ne put s'empêcher de jeter un dernier coup d'œil au miroir. Il poussa un cri si épouvantable que des infirmiers accoururent aussitôt. Ils virent le jeune détenu qui pleurait comme un enfant, saignant de la main droite, à genoux sur le sol, avec autour de lui des éclats éblouissants de lumière.

En reflet sur ce verre qu'il avait furieusement brisé d'un coup de poing, Guillaume revivait le supplice de sa naissance, bercé par le chant cristallin de deux jeunes femmes auréolées d'une beauté divine.

Au lointain de ce monde qu'il aurait voulu fuir à jamais, dans les fragments éparpillés d'un miroir intérieur, il percevait l'âme noire de Killian, son propre esprit maintenant en lui réincarné, qui implorait son pardon pour cette seconde vie d'enfer.

À propos d'Avant la venue de l'ombre

Que dire de cette histoire ?

Un soir bien tard, un livre qui se referme, un document époustouflant traitant des limites de nos existences ou de l'absence de limites, dans l'espace, le temps, la conscience, dévoilant l'esprit infini, peut-être... Un soir bien tard, une page de livre qui se ferme... et une page de Word qui s'ouvre.

Longtemps, cette page blanche a palpité devant mon regard. Ai-je un moment somnolé, et puis rêvé ? D'une écriture automatique sans doute mes doigts ont pianoté le clavier et, les uns à la suite des autres, des mots sont apparus. Puis, à l'écoute de ces musiques dans mon casque qui berçaient mon inconscience, un titre s'est imposé... J'ai alors plongé vers un autre monde et vers ces existences qui me cernaient de toutes parts.

Je vous invite maintenant à faire, à votre tour, cet étonnant voyage !

Avant la venue de l'ombre

Elle marchait. Elle tenait la main de son fils.

Dans ses yeux de mère vivaient toutes ces menaces que la gigantesque cité savait engendrer et elle serrait fort cette main minuscule dans la sienne.

Dans ses yeux de femme défilaient des films, se répétaient d'effrayantes scènes. En elle resurgissaient sans cesse les images de ce flot impitoyable, ces centaines d'hommes qui avaient dévalé les rues du Bas où se situait son taudis, sa demeure, tapant aux portes, brisant de leurs crosses les carreaux des fenêtres, hurlant les mots d'une langue haïe. Personne n'avait cherché à résister ; l'indifférence, la passivité régnait en ces lieux morts et les ombres des habitants s'étaient vite frayées un chemin vers un peu plus de résignation. Ces hommes par centaines avaient frappé sur les corps roulés à terre, fracassant les membres qui tentaient une maigre protection, éclatant les crânes… Combien étaient maintenant ensanglantés, combien gisaient sur le trottoir, l'âme effilochée dans l'humide des caniveaux comme une huile irisant l'eau croupie ? Elle, redoutant plus que la mort les violences sexuelles qu'infligeraient aux jeunes femmes ces êtres abjects, était parvenue à fuir, tirant sans ménagement le bras de son enfant, courant droit devant elle sans lui accorder un seul regard, sans entendre ses cris, sans même savoir s'il était encore en vie.

Elle respirait mal. L'air alourdi de gaz toxiques emplissait ses poumons malades et son pas ralentissait.

L'enfant ne pleurait plus. Si jeune, savait-il déjà que le silence pouvait les rendre invisibles ? Dans ces quartiers du Haut où d'autres règles non écrites existaient, aucun humain ne se soucierait un instant de leur dérisoire existence, ne pouvant ou ne voulant les savoir si proches. Il suffirait aux deux indésirables de n'émettre aucun bruit, ou le moins possible, en tous cas rien d'assez puissant qui viendrait dépasser le niveau sonore des cacophonies sirupeuses diffusées par les headphones collés aux tempes des passants. La saleté de leurs vêtements misérables d'où naissait une odeur repoussante, leurs visages émaciés aux orbites noircis au lointain desquels deux billes folles brillaient à peine, passeraient inaperçus et ne les trahiraient pas. Car pas plus que ces oreilles ne sauraient les entendre, qu'aucun nez ne les reniflerait, aucun œil ne pourrait les voir. Des dizaines d'années d'images scintillantes, alternant pubs, infos, séries bêtifiantes, dans les écrans de lunettes 3D dont les derniers modèles étaient maintenant agrémentés d'un diffuseur de senteurs agréables masquant ainsi davantage la réalité, avaient propulsé des millions de cervelles vers l'illusion perpétuelle et personne n'aurait su aujourd'hui reconnaître sa propre main.

Après qu'ils eurent avalé quelques restes de nourriture volés aux sacs-poubelles crevés sur les trottoirs, elle leur cherchait maintenant un abri pour la nuit. Le gamin aux yeux rougis la regardait de temps à autre, devinant peut-être la terreur de sa maman, fabriquant au fond de lui ses propres angoisses mais qu'il était bien incapable de lier à quoi que ce soit d'autre qu'elle.

Bien avant le crépuscule, elle trouva un square vide où de vieux bancs de bois moisis s'offrirent à leur repos. Elle aurait aimé dormir ici, tout de suite, mais ils étaient encore trop à découvert et elle devait chasser cette idée délicieuse de son esprit. Ils étaient maintenant loin des gens, un peu tranquille, à l'écart, et l'enfant devait également ressentir cela car il babillait doucement, assis sur les planches vermoulues, ses petites jambes se balançant à trente centimètres du sol noir. Il était sans doute instinctivement reconnaissant de cette brève halte que sa maman leur permettait, dans la course et la frayeur, parce qu'il se mit à sourire, à tout et à rien, à sa mère un court instant, puis certainement à ces habitants intérieurs que seuls les enfants peuvent connaître. Peut-être souriait-il aussi à l'air du soir car bientôt ses yeux s'envolèrent vers le sommet des grandes constructions qui encerclaient le petit parc aux arbres secs. Et, par le jeu de ses mains qui les mimaient, il put ainsi rejoindre les rares oiseaux qui virevoltaient tout là-haut dans les courants d'air chaud. Puis lentement, perdu en ce vol imaginaire, et sans qu'il ne l'ait décidé, sa conscience innocente se défila imperceptiblement, là où les choses étaient totalement autres.

*

* *

Chaleur… battements d'ailes… rougeoiement du soleil… Quelles obsédantes impressions demeurées en filigrane sur… sur…

Nous sommes la lumière, l'insondable et puissante lumière qui porte nos voix, sonorités pures et limpides harmonieusement entremêlées, à jamais interconnectées, chœur d'êtres sans âge à l'innocence cristalline, couleurs merveilleuses et éblouissantes, comme un sourire infini, une célébration à la pleine conscience, à notre éternelle exaltation.

Chaleur… battements d'ailes… doigts effleurant des cordes… bulle de lumière…

Dans cette incommensurable lumière, un léger clignotement… Sans qu'elle n'ait pourtant aucune chance d'atténuer notre éclat prodigieux, une infime trace apparaît, le fil d'une idée qui se brise imperceptiblement, qui se détache, un désir futile qui naît, et puis s'égare.

Un désir fugace, une trace intime, des échos plus ternes se dessinent…, en nous une idée perdue que… que *je* cherche, que *je* voudrais retenir…

Un bref questionnement, un doute est né, et *j'*apparais ; *je* me détache, *je* glisse parmi des formes irréelles qui me sont étrangères, obscures et voilées mais si attirantes, *je* sombre… *Je* perçois cette plongée vers l'absence, vers une presque inconscience. *Je* sens nos milliards de liens se dissoudre, notre bonheur indicible qui s'éloigne de… de *moi*.

Je m'attache à ce désir devenu si puissant. Est-ce un nouveau songe qui s'ouvre, un début d'agonie, un angoissant mirage, avant la venue de l'ombre ?

*

*   *

Cette musique, tirée d'un instrument de bois et de quelques cordes où glissaient l'archer et les doigts de l'homme en noir, envoûtante de désespoir, comme l'ultime substance de l'âme du virtuose, était la plus féerique sensation que l'enfant ait éprouvée durant sa courte existence. Son regard suivait les mains de cet homme, les notes qui se nouaient dans l'espace invisible, les éclairs fugitifs sur le vernis du violon. Le musicien semblait grimacer. Il était ailleurs et ne savait rien de cette émotion inoubliable qu'il faisait éclater dans le cœur du bambin.

Il y avait, à quelques pas de cette bulle de lumière que créait l'artiste, d'autres grandes personnes assises qui écoutaient également cette musique, chacune à sa façon, certaines distraites, blasées, bayant, buvant l'ennui, d'autres faussement captivées, une moue d'admiration maladroitement ostentatoire déformant leur bouche, mais rares étaient parmi ces gens celles et ceux qui comme lui ressentaient un réel bouleversement intérieur. Son papa faisait assurément parti de cette précieuse confrérie car il lui serrait plus fortement la main à chaque nouvelle envolée, chaque variation. Et il lui souriait d'une si belle façon qu'il ne pouvait y avoir aucun doute sur la profondeur de son sentiment. L'enfant comprenait alors qu'ils étaient, son père et lui, du même voyage.

Mais la musique s'arrêta, les spectateurs se levèrent et applaudirent, et l'enfant ne put voir que le dos des costumes qui s'agitaient à hauteur des épaules, il ne put entendre que ce brouhaha indécent qui anéantissait les dernières notes, étincelantes encore au bord de sa mémoire.

Dans le grand hall du théâtre, quelques groupes éphémères se constituèrent, bavardant ou cancanant de longues minutes, puis des bras levés de loin se saluèrent, des gens se serrèrent les mains, et peu à peu tous s'échappèrent vers le boulevard, les vastes rues où les réverbères brûlaient déjà les ombres du soir.

Son regard s'accrocha à ces lumières, son esprit s'emmitoufla dans ces halos successifs, évitant les yeux démoniaques de la nuit et, trainant sur les gros pavés glissants, l'enfant eut bien du mal à suivre le pas de son père. L'allégresse née de ce trop bref intermède musical s'estompait et il était maintenant balloté entre ces deux effrois de sa courte vie, un dilemme quasi inconscient : fuir sa peur du noir ou retarder ce retour à l'atmosphère écrasante du logis.

Au fur et à mesure qu'ils approchaient de leur rue, il sentit le large corps de son papa se raidir. Ce n'était pas ce crachin froid qui contractait d'un frisson figé la sombre silhouette devant lui, encore moins l'heure avancée qui la faisait se pencher en avant comme semblant lutter contre des rafales de secondes. Le gamin reconnut la métamorphose. Il sut que son père, petit à petit, perdait de sa quiétude, qu'il était déjà bien incapable de chasser cette colère qui l'envahissait et qu'une fois la porte de leur maison refermée il lui serait désormais impossible de résister à ces accès de fureur qui emporteraient tout. L'enfant sentait déjà les petites flammes au fond de lui retracer ce sentier de sa mémoire, elles le transportaient inexorablement jusqu'à ce regard horrifié de sa mère qui cherchait désespérément le sien ; il s'apercevait dans ses yeux, écœuré par cette lâcheté qui le rendait si impuissant à la protéger des coups de son bourreau ; il se regardait, misérable, s'accroupir sous la table où ses cris se mêlaient à ceux de ses parents, en ce piètre refuge où le noir des enfers emplissait à nouveau son esprit.

Il savait déjà tout cela et, malgré l'amour qu'il voulait encore éprouver pour ce père dont il ne voyait plus à cet instant que le dos voûté par les rancœurs et la folie, il comprit aussi que suintait en lui une exécration irréversible qui, en un lointain avenir, le condamnerait à la pire des violences…

*

*   *

Désagrégeant les ténébreuses et fragiles parois de cette brève inconscience, d'éclatantes particules virevoltent tout près. Elles sont des millions d'autres un peu plus reculées mais à la présence tout aussi perceptible, petites étoiles duveteuses gonflées de vie, rayonnant de ce même sourire infini quelle que soit leur distance, un sourire affiché sur aucune lèvre, mais comme une explosion lente diffusant une énergie instantanément colorée, sans cesse renouvelée, comme la joyeuse clarté de la connaissance que chacun amplifie, embellit, dont chacun se berce et s'émerveille… Infiniment.

– Comme tu es sérieux !

– Sombre !

– Grave !

– Considère cela comme un jeu !

– Un jeu où nous sommes la pièce à déplacer et les joueurs !

De lumineuses nébuleuses, de brillantes et tourbillonnantes spirales s'esquivent et se rapprochent, m'observent, m'obsèdent de leurs frénétiques élans, cherchent à m'associer aux inspirations de leur danse ondulante.

– Sombre !

– Grave !

L'indicible blancheur de notre multitude parait se délaver à sa périphérie. Cette limpide assemblée où nous ne sommes qu'un s'éloigne, comme prenant de la hauteur. Son centre, le cœur, ce but ultime, ce lieu prodigieux qui ne juge ni ne désire semble s'étioler derrière un voile léger et flottant, chatoyant, murmurant, mais il n'en est rien. Il demeure immaculé, garde son intégralité, son omnipotence. Il me laisse pourtant me perdre dans l'éphémère illusion.

– Tu oublies.

– Je ne sais pas.

– Tu es là pourtant, ici, juste là.

– Je disparais ?

– Tu te sépares seulement de nous. Tu oublies le jeu, que ce n'est qu'un jeu, tu dis déjà « je ». Le « je » remplace le « nous ». Tu sombres en ces lieux que ton désir te fait entrevoir. Tu es sombre, et si grave. Tu nous quittes.

– Comme vous êtes sérieux !

– Tu t'éloignes, tu te perds, tu oublies notre…

– Comme vous êtes sérieux !

– C'est toi qui es sérieux. Tu as déjà trop perdu… Tu oublies qui nous sommes… Que nous sommes indivisibles… Indivis cible…

– Je perds connaissance si souvent. Il y a peut-être trop longtemps que je suis là.

– Le temps n'a pas de prise, il est de ces autres lieux qui t'attirent. Tu poursuis ton désir, tu t'attaches à ton idée que tu veux idéale… Et tu deviens Tu, indivis Tu, individu. Tu sombres, tu t'égares, tu oublies notre existence. Tu nous sépares. Tu perds notre connaissance.

– *Je sais que du temps passe et je le sens à venir. Je suis peut-être déjà trop éloigné, je crois qu'il me faut être ailleurs…?*

– Ailleurs est ici ! Oublies-tu ce que nous sommes ? Tu n'es que flottant dans le pli d'un voile qui t'enserre peu à peu. Tu disparais derrière l'ombre de ce pli où tu n'es plus que le reflet de nous. Cette parcelle de conscience qui demeure en toi ne peut te dicter qu'une partie de la réalité. Crois-tu à ces illusions, à ces sombres voyages, à ces rêves, à ces infimes particules de la conscience que tu morcèles ? Oublies-tu que quand tu nous perds, tu perds la connaissance ?

– *Un ailleurs qui me susurre qu'il y a des choses à faire, des leçons à comprendre, du temps à visiter, des... des... chairs à habiter.*

– Tu t'écartes de nous, tu t'égares, tu t'exiles ! Tu nous perds… Considère cela comme un…

– *Je...*

*

* *

Je... Nous… voyons… *Je... vois...* une étendue jaune et verte où le vent règne… un géant sur un empire… tout là-haut, sur le vaste bleu, cet invincible vent éventre les nuages des coups de son fouet invisible, les obligeant tous à fuir vers l'horizon, donnant ainsi à la lumière sa force d'éblouir ; il emplit de bon air la rondeur des douces collines ; il lisse ou tresse les hautes herbes, de multiples instants, la crinière des chevaux qui piaffent d'impatience, heureux qu'ils sont de cette vivifiante folie qui les fait voler sur ce pays sans entrave.

Ici, les hommes sont pauvres mais libres. Attachés à leur désert vert, riches de ses offrandes, ils le respectent et le parcourent sans fin en suivant les troupeaux.

Nous… *Je*... Il… Il aimait ce vent. Il aimait les chevaux. Peut-être en était-il un, lui aussi ? Il aurait tant aimé déjà courir dans ces herbes, les doigts serrés dans la crinière, il aurait tellement aimé tournoyer dans le grand souffle. Mais il n'était encore qu'un enfant.

Il n'y avait jamais de musique autre que celle de ce vent, jamais d'autres images que ces herbes jaunes et vertes qui ondulaient. « Océan végétal » avait-il un jour entendu de la bouche d'un cousin arrivé d'une terre lointaine et, hormis la sueur forte des chevaux, le crottin, l'âcreté de la fumée des feux du camp, il ne connaissait aucun autre parfum aussi enivrant que celui qui s'exhalait de ces fleurs multicolores qui apparaissaient par millions quelquefois sur ces collines « océan ». Comment alors ne pas désirer s'élancer comme les autres parmi les couleurs et ces odeurs obsédantes de l'été, dans cette vaste immensité ? Pourquoi ne pourrait-il le faire ? Pourquoi son corps ne voulait-il pas ?

Tout là-haut, très haut, bien au-delà du fouet du vent, bien au-delà de la couardise des nuages, dans ce bleu d'une si belle profondeur, d'une si époustouflante luminosité, il avait vu parfois des étincelles d'argent minuscules qui filaient encore plus loin que l'endroit où devait se cacher la terre de son cousin. D'autres fois, bien souvent à vrai dire, ces piqûres scintillantes rayaient le ciel d'un long nuage blanc effilé, qui finissait avec le temps par se gonfler, comme gonflait le ventre de ceux qui sont morts, bêtes et gens. De longues trainées de nuages morts, tout au-dessus de lui, abandonnées si haut par les étincelles d'argent venues d'un autre monde…

Il riait bien souvent, mais il pleurait aussi. Tous le regardaient de leur gentillesse rude, bavardaient devant lui au sujet du troupeau, du travail, avec leurs grandes paroles coupées de rire, et tous lui faisaient des signes de leurs bras quand ils partaient au galop…

Tous semblaient aimer le voir, et même s'il ne pouvait pas tout comprendre de chaque instant, il savait qu'il faisait partie lui-aussi de ce vent, de ce troupeau hennissant, de l'amour et de l'humour de ce peuple nomade, sauvage. Et même si ses jambes jamais ne pourraient le porter…

*

* *

– N'est-ce-pas ce qui nous est le plus proche ? Cette harmonie, toutes ces pensées vers un même but, comme un seul et unique esprit.

– Ne sais-tu déjà tout cela ? Ce qui semble le plus simple n'est pas toujours le plus facile. Veux-tu vraiment nous perdre, te perdre pour cette souffrance inutile, stérile ?

– Vous êtes si loin maintenant, comment pourriez vous comprendre ce que je ressens, être déjà unique, solitaire parmi tant d'autres. Pourquoi pourrais-je entrevoir cette vie et ne pas me fondre en elle ?

– Tu nous oublies… Tu es toujours avec nous bien que tu veuilles croire à cette illusion mais nous ne te laisserons pas prendre une mauvaise direction. Ton désir est déjà trop puissant pour te ressaisir, pour que nous te retenions, mais nous devons t'aider à faire le bon choix. Peut-être alors que ce que tu rapporteras sera un enseignement pour tous, que ce que tu seras nous le serons nous-aussi ?

– Pourquoi ne suivrais-je pas ces piqûres scintillantes qui filent tout là-haut dans le bleu du ciel ?

– Ce qui semble le plus simple n'est jamais le plus facile. Ce que tu verras de ce ciel ne sera pas ce que tu as toujours su. Nous quitteras-tu pour vivre une si grande déception ? Comment pourras-tu t'emplir davantage avec tant de nostalgie qui te submergera ?

– Pourquoi ne pourrais-je pas sentir ce vent qui balaie son empire ?

– La chair te sera exigeante, elle t'enchainera à des douleurs qui t'assombriront encore plus, qui nous perdront davantage en ton esprit. Comment nous retrouveras-tu ?

– Et comment ne pas vouloir connaître tout cela ?

*

* *

Toujours devant ses yeux, il y avait ces insectes noirs. Des nuages de ces insectes noirs. Il n'avait jamais eu suffisamment de force pour les chasser. Et son ventre, sûrement, était empli de ces horribles et infimes ennemis car un même brûlant bourdonnement que celui issu de cette danse lancinante devant son regard, faisant palpiter l'ardeur du soleil, torturait ses entrailles.

Il n'avait en lui aucun repère qui puisse lui apprendre depuis combien de temps les choses étaient ainsi. Depuis toujours sans doute. Et sans doute depuis toujours il était assis ou couché. Ses pleurs sans larmes lui faisaient un langage, ces déchirures dans sa chair semblaient être la manifestation sévère et tenace de la vie, l'obscurité hachée du sommeil son unique refuge.

Il ne savait donc rien de ce temps qui passait mais, à un moment donné, des ombres rafraichissantes éloignèrent un peu les feux du ciel voilé de poussières éblouissantes. Comme une caresse inconnue, il vit un grand corps pâle s'approcher de son visage, de grandes mains le saisir, le soulever vers les regards d'autres géants blancs.

Il resta de si longues semaines dans ce dispensaire où les étrangers à la peau claire le nourrirent, le soignèrent. Mais tous ces grands corps blancs l'effrayaient et il se gardait bien de leur sourire. Il n'appréciait rien autant que les poitrines tendres des femmes de sa couleur, leurs odeurs fortes, leurs rires retentissants qui cherchaient à le dévorer. Ah ! Comme son mal avait si bien su s'enfuir à la vue de tous ces êtres ! Jusque là enfoui en cette douleur, son esprit peu à peu émergeait à la surface de sa vie et ses yeux enfin délivrés de ces nuées de mouches commencèrent leurs balades curieuses, le comblant d'une multitude d'excitantes questions.

Il y avait tant de sons joyeux autour de lui, de vifs coloris, d'enivrants parfums. Les étrangers blancs ne le terrifiaient plus. Il savait maintenant se tenir debout seul et parvenait même quelquefois à se déplacer en direction d'eux. Il adorait plus particulièrement ce personnage au regard bizarre, avec ces drôles d'yeux carrés dans lesquels se reflétaient en miniatures les objets de la pièce. Ce docteur lui parlait à chaque fois d'une manière si douce, même si pour lui ses mots n'avaient aucun sens, qu'un jour il perçut de surprenantes images au fond de sa tête. Il crut un instant que ces impressions venaient des éclats du regard bizarre mais quand l'homme en blouse blanche retira ses lunettes pour éponger sa sueur, l'enfant comprit bien vite qu'il se trompait. Il pouvait réellement voir des choses qui n'existaient pas devant lui, des lumières dorées, des myriades de particules brillantes, petites étoiles duveteuses gonflées de vie, comme un sourire infini, l'explosion lente d'une énergie éternelle…

*

* *

– *Ne m'arrachez plus à ces visions, cet amour que ces êtres ont pour moi, si pur, si peu lié à la vraie connaissance de vous ! Je ressens tant leur compassion qui m'enrobe comme si je la créais.*

– Comme tu es sérieux !

– *Laissez-moi me détacher de vous, laissez-moi enfin choisir ma destinée ! Abandonnez-moi, méprisez-moi, jusqu'à ce que mes ignobles désirs emplissent un corps, un cœur, même de pierre, chassez-moi de vos séjours délicieux, vides d'effrois et de questions !*

– Ne sens-tu pas en toi cet orgueil du devenir ?

– Ne vois-tu pas luire la vanité de ton sacrifice ?

– Ton ignorance quant aux chemins qu'une « vie » peut emprunter pour t'induire en erreur est devenue désolante. Comment pourrais-tu distinguer chacune des fibres qui tissent ce nuage vaporeux que tu appelles « amour » ? Tant de raisons ont emmené les êtres là où ils sont et tu crois déjà que ce sont les meilleures. En nous perdant, tu te soustrais de tout discernement. Plus que l'exigence de la chair, cet effondrement vers l'ignorance te retirera toute lueur. Et combien d'autres précipices obscurs devras-tu franchir avant de nous restituer ton infinie présence, cet éclat de nous que tu auras diverti ou… perverti ?

– Je ne veux plus rien entendre. Il y a déjà leurs corps qui se rapprochent ; ils sont si éloignés pourtant l'un de l'autre, dans l'espace et le temps, mais leurs sens s'attirent, se respirent, s'entendent ; ils s'avouent déjà tant de choses, du bonheur futur, de leurs détresses passées, de leur solitude terrible ; ils se parlent en déposant leurs mots sur des machines, durant le bleu marine des nuits, des promesses glissées entre les étoiles. Sur ces ténèbres infinies chacun décrypte l'aparté de l'autre. Ils savent déjà qu'ils se verront un jour et devront se toucher. Alors ils emprunteront des objets roulants, embarqueront en ces étincelles volantes, ils iront si vite à la rencontre l'un de l'autre, ils seront si prompts à se rejoindre... puis à s'aimer, à unir leurs chairs. Je serais au cœur de leur désir, de leurs explosions de plaisir... Je naitrais de leur union, je connaitrais leur monde...

– Leur monde n'existe qu'en surface, tout y est si fugitif et glissant ; les miroirs glacés de leurs égos te donneront une image si déformée de ce que tu es vraiment, tu y glisseras à ton tour, tu t'enfuiras à ton tour vers de faux espoirs, des mirages toujours plus brillants jalonneront les routes de tes interminables déserts…

– Je veux naitre de cette union, je m'épanouirais en leur monde...

– Ne vois-tu pas ce que nous sommes ? Et ce que vous êtes ? Milliards d'esprits qui se détachent de nous et flottent dans le vent de l'illusion. Comme les feuilles à l'automne qui planent jusqu'à la terre, qui subissent les tortures de l'hiver puis pourrissent et se désagrègent ; devenues ensuite d'infimes particules, ces feuilles restituent leur essence aux racines du grand arbre qui, plus tard, en un lointain printemps, les verra danser de nouveau dans la lumière.

*

* *

Elle chantait. Il n'y avait pas de paroles, juste un fredonnement, un murmure qui s'amplifiait peu à peu. Elle reconnaissait ces mélodies en elle, ancrées là depuis toujours, et elle les laissait remonter à la surface de son esprit, leur offrait le support de sa voix douce, timide, limpide. Un goutte à goutte étrange, issu de nulle part, frappant des molécules invisibles, créait des sonorités envoûtantes, accompagnait et rythmait son chant, l'enveloppant d'une atmosphère irréelle, dans laquelle elle semblait s'élever. Sa voix emplissait sa vie, la rendait folle d'amour pour cet instant magique, la projetait d'allégresse vers des hauteurs inouïes où elle se voyait survolant la délicate harmonie du monde. Elle aurait voulu demeurer ainsi, liée à ces notes, à jamais en suspension en une extase perpétuelle…

Elle venait d'apprendre qu'elle attendait un bébé et elle chantait.

Comme des milliards de ses semblables l'avaient fait avant elle. Une parmi des milliards d'autres. Un être unique parmi des milliards d'êtres uniques. Des milliards d'instants d'illumination vécus par ces milliards d'esprits éparpillés dans l'ombre de l'inconscience, le sourire insondable de la compassion les caressant… Infiniment.

À propos des pierres du Chassezac

Encore un concours. Le thème en était « les Vacances », il fallait faire court et très vite. Mais pourquoi se creuser l'esprit pour écrire une bien improbable fiction. Pourquoi ne pas simplement raconter la presque réalité. Et puis…

Comment oublier cette délicieuse semaine sous les feux ardéchois d'un été éloigné, nos descentes en canoë sur le fabuleux Chassezac ?

Nous avons de très belles photos de ces vacances. Sur certaines, on peut voir que nos visages semblent avoir rajeuni. Aurions-nous fait la découverte, en ces gorges magnifiques, d'un lieu étonnant et magique où le temps n'a plus de prise ? Quel était donc le pouvoir étrange de cette rivière ?

Pour le savoir, embarquez donc avec nous !

Les pierres du Chassezac

C'était les vacances. Le matin de notre départ, très tôt, bon présage, l'horizon effilocha ses nuages et se fit tout rose. Mais comme il fallait bien s'y attendre, l'autoroute encombrée ne nous rendit pas le voyage facile. Ainsi des heures interminables s'étirèrent sur l'asphalte brûlant.

En tout début d'après-midi, nous extirpant du chaos, nous prîmes la sortie prévue, en plein Gévaudan, direction Marvejols, là où nous avions convenu de faire une pause pèlerinage en souvenir des inoubliables Betty et Zorg du film « 37°, 2 le matin ».

Puis, les milliers de voitures, chauffées à blanc sur les rubans gris, se tinrent peu à peu à l'écart et nous atteignîmes enfin notre camping sous les châtaigniers, au sud de l'Ardèche. Malgré cette longue journée à rouler, le seul mot qui nous vînt alors à l'esprit fut : sérénité.

L'installation dans notre bungalow se termina rapidement et nous décidâmes ensuite d'une première ballade en V.T.T.

Il faisait chaud encore, la petite route que nous empruntâmes suait de goudron fondu et les insectes rasaient nos visages de leurs vrombissements minuscules.

Après avoir surplombé un moment les eaux du Chassezac, clignotantes au travers des éclaircies de végétation, notre route devenue chemin se mit à dévaler jusqu'à la rivière où elle se mua en un petit pont qui semblait hésiter à faire son pas au-dessus de l'écume. Là, sur les rives les plus basses, vastes dalles de pierre et plages de galets, des dizaines de baigneurs lézardaient, d'autres barbotaient dans des jacuzzis naturels ; un peu plus loin, enfants et adolescents sautaient des vertigineuses parois rocheuses en hurlant ; et, à l'écart de ces plongeons et des remous verdâtres, truites et barbeaux zigzaguaient dans l'ombre de leurs caches humides.

À chaque halte, Clara mitraillait, saisissait la magie des lieux. De mon côté, je me contentais d'avaler les images, ébahi, me laissant aller à une délicieuse marche arrière, me menant peut-être et pourquoi pas jusqu'aux sentiers de l'enfance.

Après quelques journées similaires, farniente, balades et baignades, un matin je proposai à ma compagne une descente du Chassezac en canoë de location, ce qu'elle accepta bien sûr avec joie.

Un gros bidon étanche à l'arrière du bateau nous permit d'emporter pique-nique et boissons, caméscope et appareil photo, notre vie entière entassée bien au sec en ces quelques centimètres cube. Jusqu'à notre rencontre relativement récente, nous aurions pu dire, Clara et moi, que nos existences respectives s'étaient avérées quelque peu chaotiques et compliquées. Je pourrais ajouter que ce genre de simples plaisirs comme cette semaine de vacances loin de notre triste département y avait été exceptionnel, et que par conséquent, malgré notre cinquantaine annoncée, nous n'étions encore blasés de rien. Nous serions partis naviguer sur l'Orénoque que notre excitation n'en aurait pas été plus grande.

Enfin embarqués, nous glissâmes tranquillement à l'ombre des frondaisons.

Les cours d'eau de l'Ardèche attirant chaque été des milliers de vacanciers, le Chassezac n'échappait pas à la règle et, par endroits, il se couvrait de dizaines de canoës multicolores. Slalomant tant bien que mal entre les roches émergentes, dans la lumière palpitante des rapides, ces embarcations toutes autant malmenées par des rameurs maladroits s'entrechoquaient plus ou moins doucement. Mais le soleil méridional qui attirait les touristes de toute l'Europe favorisait la bonne humeur fraternelle, on entendait alors les uns et les autres s'excuser et s'esclaffer en diverses langues.

La pagaie paresseuse, nous flânions sur de petits bassins où l'eau étale venait se métamorphoser en miroir de ciel. Nous nous arrêtions souvent sur les berges sauvages. Clara en profitait pour voler quelques splendides images à une végétation aux verts éblouissants, quelques clichés d'orchis mauves et autres spiranthes d'été reflétées dans les fauves et l'argent de la rivière.

D'immenses falaises calcaires nous cernèrent bientôt. Nous pénétrions en douce les stupéfiantes gorges du Chassezac.

Nous fîmes notre pause-déjeuner parmi d'autres estivants sous un vaste plafond rocheux au-dessus duquel, à dix mètres de nous, des arbres noueux jouaient les équilibristes. La plage où s'alignaient les canoës n'était qu'une immense dalle de pierre presque sans faille descendant en pente douce jusqu'à l'eau. Quel travail fantastique avait accompli ce torrent au cours des siècles de sa vie de fureur ! Nous aurions pu nous mettre à genoux devant une telle magnificence, nous nous sentions comme au cœur de la pureté du monde.

Mais, à bien y regarder, cette pureté était celle d'un monde sans homme. La grandeur de ce lieu ne méritait certainement pas ce à quoi nous allions devoir assister quelques instants plus tard.

Tandis que nous nous ébahissions, osant à peine grignoter nos sandwichs, nous fûmes sidérés d'entendre à quelque distance de nous les choristes de l'inqualifiable Francky Vincent entonner sa navrante rengaine : « Vas-y Francky, c'est bon… vas-y Francky, c'est bon, bon, bon,… »

– J'n'y crois pas. Tu as déjà vu ce genre de dégénérés, toi, me souffla Clara, outrée.

Sur cette rive de pierre plusieurs fois millénaire qui avait dû porter les premiers pas des plus grands prédateurs de l'histoire, le colossal tigre aux dents de sabre ou le grand ours des cavernes, à quelques mètres de nous, de la gamine obèse au père tatoué, en passant par deux ados aux gestes obscènes et la mère en maillot panthère débordant de chairs grasses, toute une famille s'était mise à danser autour d'un ordinateur portable trônant au milieu d'emballages de fast-food.

– Et oui, soupirai-je à Clara, une fois de plus la race humaine est désespérante. En voilà de dignes représentants avec un niveau de conscience quelque peu… limité.

– T'es gentil, toi, de vrais abrutis, tu veux dire ! Tu ne veux pas les filmer en douce. On pourrait envoyer ça sur internet avec un commentaire bien senti pour démontrer toute la splendeur de ces débiles. De jolis reflets de notre époque, nous en avons là des exemples parfaits !

Depuis longtemps déjà, nous avions fait le triste constat de cet avachissement de notre civilisation suffisante sur son gros canapé crasseux, à bailler devant ses écrans, à avaler par les tous sens des inepties nauséabondes, mais que cette pollution mentale, ces stupidités viennent nous assaillir jusqu'ici, en cette harmonie minérale, nous n'en revenions pas.

– Tu crois vraiment qu'on peut faire un truc pareil ? Tu nous vois télécharger ce décor magnifique avec ces gros neuneus devant.

– Et qui sait, on pourrait même peut-être gagner de l'argent avec les pubs.

– Oh non, là ce serait trop !

– Je crois que tu as raison. Et je pense même que nous ne valons guère mieux avec notre technologie embarquée, nos appareils numériques.

– Tu veux dire qu'on est à mettre dans le même sac, nous aussi ?

– Et oui ! Et c'est très affligeant, je te l'accorde !

La prise de conscience était piquante. Nous ne fûmes pas très longs à charger le bateau de tout notre attirail et de le trainer jusqu'à l'eau. Sans perdre un instant, il nous fallait fuir la compagnie de ces gens, plonger nos esprits malmenés dans les écumes du Chassezac, rechercher en ce bain de jouvence primordiale un peu de la sagesse d'un autre temps…

Nous continuâmes notre descente, sombres, mal à l'aise de nous trouver là, si peu à notre place sur cette rivière. Puis le feu du soleil, le bleu pur de l'azur, d'autres méandres paisibles, chassèrent les nuages de nos esprits, nous enchantèrent, d'autres rapides écumants nous regonflèrent d'une joie puérile.

Un peu plus tard dans l'après midi, nous accostâmes sur une longue plage caillouteuse où, de place en place, quelqu'un avait empilé des pierres, dressé de drôles de sculptures de galets. De très gros en faisaient la base, d'autres étaient posés dessus en équilibre, un à un, de plus en plus petits, jusqu'à une hauteur pouvant atteindre parfois quatre-vingt centimètres. Tout au long de cette rive, il y avait bien des centaines de ces assemblages instables et nous étions subjugués.

Plus loin, près des bosquets, trois ânes bruns broutaient les hautes herbes et un jeune homme, torse nu, les cheveux très longs, semblant venir d'une autre galaxie, ou plus sûrement d'une autre décennie, leur parlait tout en caressant les crinières.

Oubliant ses paroles, Clara photographiait les édifications minérales. Il lui était difficile de ne pas le faire car il fallait bien avouer que certaines de ces sculptures étaient magnifiques, d'une étonnante fragilité.

Le garçon suivi des baudets se dirigea vers nous.

Du ciel, la lumière d'août déversa plus délicatement ses ondulations brûlantes. Sur la rivière, les cris joyeux des pagayeurs se firent plus distants, les plongeons des rames s'atténuèrent. Il me semblait qu'à l'approche de cet étrange équipage le monde s'apaisait.

Tout en admirant le merveilleux décor qui s'offrait à nous et, du coin d'un œil, la démarche fluide de l'insolite jeune homme, je m'assis sur un lit de graviers. Mais bientôt, laissant dériver mon esprit, je m'allongeai et fermai les yeux…

Quand le tison du soleil glissé sur les paupières closes s'offre à la rétine comme un vaste monde orange, dans les vertiges de la mémoire s'animent les petits feux des souvenirs. Dès lors, le bavardage des pensées, comme si chaleur et éclat en démultipliaient l'importance, sature l'esprit. J'ai dû lire quelque part qu'il faut le souffle puissant d'une autre partie de soi, enfouie plus profondément encore, pour éteindre ce flot incessant d'idées décousues. Il faut une réelle maîtrise de l'esprit pour contrôler ce sombre cloaque. Pour ma part, je n'ai jamais su calmer ce déchainement d'images et de sons qui nait dans ma tête dès que mes activités physiques s'arrêtent. Mais cette fois étrangement, un grand calme, une douce plénitude m'envahit peu à peu et, lorsque la rivière de mes pensées ne montra plus qu'une surface d'huile lisse, tout devînt infiniment transparent. Tels des alevins timides fuyant les ombres prédatrices des abîmes, des notions, pour moi toutes nouvelles, jaillirent à ma conscience et j'eus l'intuition fulgurante qu'elles étaient inspirées par la magie de cet endroit, par les pierres ou les flots du Chassezac.

Les déclics de l'appareil photo de Clara cessèrent. Il n'y eut plus soudain que les glouglous de l'eau aspergeant la rive, quelques oiseaux pépiant, le « bzz-bzz » des insectes.

Plus tard, bien plus tard, lorsque je reçus quelque image, ce ne fut plus comme un simple regard, tout était plus éblouissant, plus détaillé, plus précis, et global ; je percevais intensément ce qui émanait de chaque chose, de la végétation, des bêtes et des gens, l'impression que cette plage de minéraux éclatés s'animait sous l'élan d'une vie cachée, infiniment liée au perpétuel écoulement de la rivière…

Falaises, rochers, pierres et graviers, grains de sable, tout se brisait, se disloquait, se morcelait, était pulvérisé par cette eau qui s'insinuait partout, qui retrouvait maintenant tant de force, élimant les calcaires, les grés, les granits, érodant les collines, étêtant les montagnes, découpant les plateaux de gorges encaissées. Des millions de mètres-cube de cette eau qui se déversait en mugissements terribles, depuis des milliers d'années, dévalant des hauts glaciers, fonçant en aval vers le Sud jusqu'à la vaste mer où les rayons solaires étirant les interconnections de ses atomes l'évaporaient imperceptiblement, la métamorphosaient en un gaz inodore qui se mêlait aux basses couches de l'atmosphère et refroidissait, reconstituant le fragile assemblage des molécules, façonnant ainsi les nuages qui bientôt retomberaient en cristaux de glace, en gouttes de pluie.

J'étais devenu ces simples particules qui tournoyaient en leur ballet interminable depuis les débuts du monde et je m'infiltrais partout dans les moindres interstices de la Terre.

J'étais l'eau et sa mémoire, son voyage, la violence de ses tumultes, la caresse de ses écumes…

J'étais chaque endroit de la planète où l'eau rugissait, coulait ou stagnait, océans immenses et insondables, fleuves puissants ou fins ruisselets, lacs, étangs, marais et flaques.

J'étais l'esprit multiplié du monde. Et cette entité écartelée, en s'offrant ainsi à mon âme, me fit comprendre que tout était vie, quelles que soient les apparences choisies et le niveau de conscience ; tout était lien, interconnexion, tresse invisible et ininterrompue, sculpture infinie, chaque chemin traçant son destin, chaque vie aussi étrange soit-elle décryptant le monde.

Je demeurai longtemps ainsi, ébahi sous le feu purificateur de cette vision. Sans doute, des siècles s'écoulèrent… Sans doute le temps de chasser de moi quelques poussières, quelques cendres de ce monde déchiré par les excès ou les insuffisances des hommes, incapables de comprendre leurs terreurs enfouies qui les plongeaient sans fin dans la violence de leur égocentrisme.

Quand je repris peu à peu conscience de ma propre existence, quand je parvins à davantage concentrer mon attention, je « vis » le curieux garçon qui allait et venait lentement. Il semblait avoir déjà bien entamé son travail. Il empilait de grosses pierres exactement à l'endroit où je m'étais allongé,… et où j'avais disparu. En tant que corps plus précisément car mon esprit, lui, paraissait être partout et vivait dorénavant d'une tout autre manière.

Près de moi, une statue splendide, toute nouvelle, me regardait, me souriait. À mi-hauteur d'elle, était disposée en équilibre instable une pierre quasi cubique avec un petit cercle à l'intérieur de ce cube, comme l'œil d'un objectif. Je savais que, comme moi, la partie invisible de Clara habitait maintenant cette représentation d'elle, ce petit édifice à la beauté unique.

De nouveau le soleil éclaboussait de rayons les milliers de miroirs de la rivière, de nouveau nos pagaies en caressaient la surface.

Tandis que nous dérivions sur l'eau, et bien que nous ayons le dos tourné, nous pûmes clairement, Clara et moi, voir ce sanctuaire inattendu, cette plage où le jeune homme contemplait paisiblement ses œuvres. Et malgré la distance, l'éloignement inéluctable de notre embarcation portée par les vaguelettes d'une paix infinie, nous le vîmes déposer délicatement une dernière petite pierre sur les statuettes nous représentant, en même temps qu'il glissait au fond de nos âmes ces quelques mots :

– Parfait ! Ce sera tout pour aujourd'hui. Salut, mes petits chéris ! Dorénavant le meilleur de vous reviendra ici chaque jour et m'accordera encore de votre temps pour que je puisse vous peaufiner un peu. Ainsi, de cette façon, vous vivrez ces vacances… éternellement. Vous voyez, le Chassezac aussi peut se faire de charmants souvenirs.

À propos du jour d'avant

Que dire de ce « jour d'avant » ? Un thème de concours, « Silence », m'avait conduit à rédiger quelques paragraphes d'une histoire où mes personnages ne devaient en aucun cas s'imposer et s'opposer aux autres, chacun étant bien isolé dans sa propre vie.

Ce début de nouvelle est resté à l'état de brouillon jusqu'à ce que j'écoute ce morceau extraordinaire du guitariste de jazz Pat Metheny : « To the End of the World ». Cette musique est alors devenue la source d'inspiration principale de ce texte. Puis un autre concours, au thème libre, mais aux critères de format particulièrement exigeants, m'a contraint à le réduire jusqu'à cette forme épurée que je vous présente ici.

Je suis désolé d'avoir traité ainsi mes petits personnages, le même sort leur étant également réservé lors des premières tentatives de rédaction de cette histoire mais cette fois, peut-être pour me faire pardonner, je les ai… en musique.

Le jour d'avant

Le monde est ainsi fait, plein de frénésie, d'époustouflante beauté.

Comme une musique, il y a ces battements, ce rythme, cette ligne de basse, répétition de notes lointaines et graves, ces explosions harmonieuses jaillies d'un cœur de magma bouillonnant.

Et puis apparaissent ces voix angéliques qui planent sur des terres désertes, glaces éblouissantes ou sables rougissants, qui survolent des fureurs d'océans, des mers intérieures aux vagues douces, des lacs géants assoupis dans les plissements des montagnes.

Et cette succession de ces frappes de marteaux sur les cordes courtes, vives et légères, amplifiées par la caisse de bois laqué de l'instrument, des bouquets sonores qui aspergent les places de dalles claires, les centres de ces cités où les êtres humains déambulent.

Suivant les rondes, les blanches, les noires, les croches et doubles-croches, entrelacées, posées sur les fils d'une portée imaginaire, les doigts d'une main divine et habile glissent sur des lignes d'acier tendues.

Alors les molécules de l'atmosphère frémissent et gesticulent, s'entrechoquent, les notes virevoltent, ondulent jusqu'à la fine membrane des tympans, des milliers de gouttes sonores qui palpitent à la porte des esprits, qui traversent les âmes perdues ou éperdues, les transportant vers des paradis ou des enfers, les métamorphosant en ombre ou en lumière.

Cette clameur aigüe du monde crée un frémissement qui se répand, des cris de plaisirs, des rires, des gémissements de femmes, des pleurs d'enfants, les protestations sourdes de la colère des hommes, réfléchis et amplifiés par de vastes réseaux, téléphones, radios, télévisions, satellites.

Il n'y a qu'inconscience dans l'agitation de la Terre… mais tant d'inconséquence dans l'insouciance des foules.

Car, au travers de cette symphonie naturelle, chaque vibration du concert de l'humanité s'échappe aussi vers le grand espace…

Et ce tumulte futile des hommes transmis par leurs millions d'antennes, loin dans le vide noir, devient des milliards de points invisibles qui voguent à travers tout l'univers sur des traits ondulants. Ce ne sont que quelques piqûres de plus sur l'Eternité silencieuse mais, inexorablement, quel bien, quel mal ont-elles pu y engendrer ?

Le jour d'avant

8h 02 Damien a la gueule de bois. Il n'a pourtant rien bu la veille, comme tous les autres soirs d'ailleurs, depuis cette promesse faite à sa nouvelle chérie. Il a simplement peu dormi et se réveille mal en point, sonné, la langue collée au palais. La radio a pulvérisé ses tympans. Saleté de station débile, la « techno » de bonne heure ne fait pas la bonne humeur, loin de là. « On vit dans un monde de tarés, se dit-il, et je ne suis pas le dernier, pour régler mon réveil sur ce genre de conneries. Il fait trop chaud ce matin. Serait-on déjà au mois de Juillet ? Je suis resté si longtemps au lit ? Trop drôle, Dam ! Vraiment trop drôle ! »

9h28 – Tu as chaud, mon pauvre chien, tu en tires une langue ! Bon sang, c'est vrai qu'il fait chaud pour un mois de Décembre. Mais c'est quoi ce crissement à la fin, ils nous cassent les oreilles. Et personne ne dit rien ! Oh toi, tu t'en fiches bien de ce vacarme, tu es plus sourd que moi. Bon, Hector, tu te presses un peu de nous la faire cette crotte, nous n'avons pas la journée. Il y a ce monsieur Parrin, Palin, Patin,... oh je ne sais plus, qui doit téléphoner ce midi pour les aides à domicile. C'est important ça, tu sais Hector, une dame qui viendrait à la maison pour s'occuper de nous, ça nous soulagerait bien, crois-moi. Même si en même temps ça soulagera aussi notre porte-monnaie, mais bon, à notre âge qu'est-ce qu'on peut faire de tout cet argent. Allez, Hector, presse-toi un peu et arrête de renifler les pieds du monsieur, tu vois bien que c'est un s-d-f. Laisse le tranquille, s'il te plaît, ne le titille pas, il va nous quémander.

11h51 Que pourra t-il bien dire une fois devant elle ? C'est aujourd'hui ou jamais. C'est étrange cette expression, comme si la vie ne pouvait donner qu'une seule chance, surtout que demain est un autre aujourd'hui pas encore vécu. Donc un autre jour avec une autre chance de lui parler.

– Mais tu la bouges ta poubelle ! Un quatre-quatre de nos jours, c'est un crime contre l'humanité !

Tout de même, ses sourires ne sont pas anodins, elle sait bien ce qu'elle fait, elle sait bien qu'elle le chamboule avec ses regards chaque jour davantage appuyés.

Ça devient un peu pénible ce bruit à la longue. Et cette chaleur ! Oh mais quelle chaleur ! Son front est trempé de sueur, et sa clim' qui marche mal. On ne sait plus comment s'habiller. En Avril, ne te découvre pas d'un fil. Mais en Décembre, il n'y a rien de prévu pour Décembre ? Il doit sentir le fauve dans son pull de laine, il n'est pas trop à son avantage. Ses sourires auront beau être brûlants, ils ne masqueront pas sa puanteur. De quoi la faire fuir. « Good bye... Baby... Good bye » chante le groupe "Archive" à la radio. C'est un signe. Il vaut mieux éviter une rencontre aujourd'hui. Demain est un autre jour. Elle patientera peut-être, ou bien, ou bien... ?

12h34 – Patron, vous avez vu comme la neige a fondu ?

– C'n'est pas possible un truc pareil, les vacances de Noël commencent demain, les gens vont débarquer en masse dès ce week-end. Comment on fait pour éviter l'émeute ? Ils viennent pour skier, pas pour la bronzette aux terrasses des cafés. Les canons ne servent à rien si cette chaleur persiste. On va perdre une fortune. Tu as regardé la météo ce matin ? Alors, c'est pire ou ça s'arrange ?

– Ça s'arrange ? Vous voulez dire : il fait beau ou...

– Pour nous, ça s'arrange quand c'est mauvais. Mauvais temps, blizzard, neige ! Neige, tu comprends. T'aurais pas dû faire tes saisons en Corse, mon vieux, tu ne captes plus rien aux subtilités de la langue française.

– Ben, je ne sais pas, ils n'ont pas pu le dire.

– Comment ça, ils n'ont pas pu le dire ?

– Ben oui, ils disent que c'est bizarre, les satellites ne transmettent rien de cohérent...

Elle n'avait pas de réalité, aucune apparence, et nulle mémoire.

Elle n'était qu'inconscience, invisible entre ténèbres et lumières, en parfaite harmonie avec le froid silence de l'espace.

Un bruissement imperceptible, un froissement, une presque déchirure… Elle avait surgi en un instant, dans un pli infime de la toile de fond du Cosmos.

Car des cliquetis, des tintements, des bourdonnements, des vrombissements, des murmures, des rumeurs, des cris, des hurlements, un bombardement incessant, une cacophonie intolérable portée par des flots d'ondes radio venus de si loin, l'avaient envahie, l'avaient emplie toute entière.

Elle venait ainsi d'apparaitre à l'existence, comme l'insensible réceptacle de ce brouhaha des consciences infantiles qui erraient à travers l'Univers. Elle naissait de ce flux, en réponse à ce qu'elle percevait comme une agression, quelque chose qui semblait chercher, en métamorphosant sa nature, à l'anéantir. Elle ressentait une fièvre palpitante qui s'amplifiait à chaque assaut de ces traits mugissants. Elle acquérait ainsi une presque conscience d'elle-même, apparentée à ces ondes menaçantes qui venaient se lover tout au fond d'elle, façonnant un angoissant, un redoutable instinct de survie, un effroyable sentiment, inconnu jusqu'alors et irrépressible, qui lui commandait une explosion de défense.

Du tréfonds de l'espace, là où les hommes, par l'intermédiaire de leurs radiotélescopes, venaient s'aventurer depuis quelques décennies, et là où ils pataugeaient dans le cloaque de leurs hypothèses au sujet d'une étrange matière noire, une énergie d'une puissance inimaginable jaillit soudain et se dirigea droit vers ce nid de lumières en forme de spirale.

Franchissant en quelques heures terrestres des billions de parsecs, elle parvint jusqu'à ce système planétaire d'où provenaient les ondes radio maléfiques et rayonna sur l'ensemble des corps célestes qui erraient en cette partie de la galaxie, diffusant une chaleur de plus en plus intense qui atteignit bientôt plusieurs millions de degrés.

Accompagné de vibrations ultrasoniques, de particules à haute énergie, cet accroissement des températures eut pour effet irrémédiable d'évaporer les atmosphères des planètes de ce système, gazeuses et telluriques. En son centre, le soleil, comme une infime poussière, se tortilla sous le feu de cette force titanesque, se dilata et dispersa ainsi une grande partie de sa matière en gaz tourbillonnants, puis la gravité le fit s'effondrer sur lui-même en seulement quelques unes de ses heures. Il ne connut même pas la gloire d'une fin de supernova. Il devint une naine noire, invisible, elle aussi sans mémoire.

Ce qui subsista en cette région de l'univers fut le silence, le délicieux silence du vide.

Libérée de cette tension qu'une forme de vie quasi imperceptible avait fait naître, l'incommensurable entité retrouva de nouveau son inconscience, s'évanouit dans ce rêve obscur où le néant, de toute éternité, régnait en maître.

À propos d'un rêve étrange

« Le rêve dans un coin de ma tête » était le thème d'un concours à écrire pour l'automne 2013.

À peine avais-je lu ces mots que le souvenir d'un rêve étrange me revint en mémoire, un rêve ancien qui n'en était peut-être pas un.

Aussitôt après le premier, un autre souvenir plus récent surgit, tout aussi troublant de réalité.

Comme je voulais griffonner encore quelques petites images intérieures pour clore ce recueil, quelques petits détails à ajouter qui me tenaient à cœur, je me dis : « Pourquoi pas raconter cela ? Ces rêves ont pour moi un tel écho de vérité que je ne peux les ignorer davantage. »

Et c'est ainsi que, bien avant l'automne, délaissant d'autres concours plus urgents, j'écrivis la toute dernière histoire de ce livre.

Un rêve étrange

Il y a fort longtemps, j'ai fait un rêve étrange. Ce rêve fut si troublant qu'aujourd'hui encore, parvenu tant que bien que mal au crépuscule de mes jours, il demeure en moi, bien présent. Et, à cet instant où je me le remémore, je suis tout autant bouleversé de voir à quel point cet écart onirique a pu influencer par la suite ma façon de penser et de comprendre la réalité. Je suis sûr qu'il ne s'agissait pas d'un rêve comme les autres.

Cela se passait au temps de mon mariage. Je dormais. Lorsque je dis : « je dormais », je dois bien avouer que c'était dans presque tous les sens de cette expression. Je vivais alors une période bien peu passionnante, somnolente. Au fil des années, mes vies conjugales et professionnelles avaient sombré dans une poisseuse torpeur. Je me cultivais peu, ne pratiquais aucun sport, et n'avais guère d'autres loisirs que maçonnerie, menuiserie, bricolages divers, de longues heures lassantes durant lesquelles je m'appliquais à retaper ma vieille maison.

Cette nuit-là donc, je dormais. Avions-nous dîné d'un plat trop lourd avant d'aller nous coucher ? Étais-je plus fatigué que d'habitude, avais-je tenté la lecture d'un pavé indigeste ? Ou nous étions nous, ma femme et moi, livrés à quelque acte sexuel silencieux, vestige désolant de notre pseudo-amour vite consumé ? Je ne saurais rien dire de tout cela, n'ayant de cette soirée aucun souvenir, nul petit indice auquel m'accrocher me permettant peut-être d'extirper les racines de ce rêve.

Il devait être trois ou quatre heures du matin. J'avais la certitude de ma présence dans cette chambre, dans ce lit, et je savais que je dormais. Je remarquais près de moi mon épouse, emmitouflée sous les draps, le corps tourné vers les portes-miroir de l'armoire où je distinguais clairement les traits de son visage endormi. J'avais conscience de tout cela. Je voyais tout cela. Mais sans voir vraiment. Je ne pouvais situer ce qui en moi « voyait ». Tout était calme et paisible, nous ne faisions aucun bruit, aucun mouvement. Moi qui, selon les dires de ma femme, transformais habituellement chacune de nos nuits en cause de divorce, ronflant atrocement et gesticulant, j'étais à cet instant immobile et muet, presque attendrissant dans ce sommeil d'un ange.

Comment pouvais-je ainsi me voir dormir ? Et comment pouvais-je apparaître de si diverses manières ? Car plus bizarre encore, je me percevais également dans une situation incroyable, en un lieu invraisemblable, comme… « sorti » de mon cerveau, littéralement bloqué entre mon encéphale et ma boite crânienne : j'étais à cet instant une entité minuscule qui s'évertuait à franchir la barrière osseuse de mon crâne. J'étais là, infime grain de conscience merveilleusement éclairant, baignant dans ma propre lumière, et tant de détails me subjuguaient, les minces fissures de la surface intérieure accidentée de mon os pariétal, les profondes vallées de mon cortex au-dessus desquelles je flottais comme en orbite autour d'une planète. Je me voyais satellite espionnant le monde et, en même temps, j'étais ce monde survolé. Mais dans le noir de la chambre où se discernait toujours de moi ce corps allongé, je me sentais aussi ailleurs, à des centaines d'années-lumière, si loin dans l'obscurité de mon espace.

J'aurais pu m'effrayer de ces circonstances insolites, faire que ce rêve se métamorphose en cauchemar mais nulle angoisse ne me traversait l'esprit. Pour tout dire, je me sentais parfaitement bien, heureux et léger, et même si je n'arrivais pas, pour l'heure, à franchir la frontière de mon crâne, ni celle de mon sommeil ou les murs de la pièce, d'être si conscient de ces événements m'amusait au plus haut point. J'étais époustouflé de constater qu'en moi un tel niveau de réalité puisse exister, et d'autant plus que j'avais cette certitude que le lendemain à mon réveil rien de tout cela ne quitterait ma mémoire. Ce qui d'ailleurs fut le cas.

Mais avant d'en arriver là, à cet éveil qui fut aussi celui de toute ma vie, ce rêve étrange évolua.

À partir de cet instant, on ne parla plus de choses physiques, comme cette chambre éteinte, ces deux corps d'une femme et d'un homme endormis, cette enveloppe d'os épais qu'une étonnante luciole cherchait à percer. Non. Il fallut échapper à cette dérisoire façon de voir, abolir toutes les frontières et pénétrer une dimension plus juste, plus adaptée à cette nouvelle forme d'existence.

Je ne cherchai plus à creuser, à m'enfouir, à m'enfuir, car chaque atome maintenant s'ouvrait, optant pour une proportion idéale et incommensurable, et je ne me perçus bientôt qu'en un vide infini, étiré entre les particules, là où la matière semblait elle-même être un rêve, tendait à l'illusion.

Je sus bien vite que je n'étais plus un être humain, que je ne l'avais jamais vraiment été, que je n'étais plus « moi ». Je n'avais plus de corps, plus de pensées, je ne voyais rien, ni n'entendais, invisible et infime, mais j'étais pourtant extrêmement présent, plus vaste et étendu, comme jamais auparavant. Je voyageais sans déplacement, j'existais sans être, je possédais sans vouloir, je comprenais sans question. Mon sommeil n'en était pas un et je ne rêvais pas. Être cet éclat intérieur devint alors l'unique désir. Juste caresser l'insaisissable lumière de l'esprit.

Je distingue des images, une colline très élevée recouverte d'herbes douces et ocre. Je sais que ce n'est pas seulement la végétation qui adopte cette teinte mais que c'est la lumière inhérente à ce monde, la couleur de son ciel sans nuage, son apaisante chaleur, je sais que c'est une singularité de sa nature.

J'ai soudain envie de marcher dans ces herbes, mes pas y font déjà un chemin. J'ai aussi envie de courir. Et je cours. Je me dirige vers le haut. La pente est encore peu accentuée, c'est facile. Je ne sais pas si je possède des jambes mais j'avance vite et je n'éprouve aucune souffrance. Il y a juste cette fugitive sensation de manquer un peu d'air. Car l'atmosphère, ocre elle-aussi, semble chaque instant plus dense, devient oppressante.

Je cours vers le sommet, de plus en plus rapidement, mais je m'essouffle. Je ressens en moi une pression qui augmente, des mains puissantes qui m'enserrent la poitrine. Je sais que je n'ai pas vraiment de corps mais il faut bien que ma conscience se fasse comprendre d'une manière ou d'une autre. Et pour me passer le message qu'un changement va advenir, pour démontrer la violence d'une crise, elle s'insurge dans ces souvenirs de mon autre réalité, ces craintes ou ces angoisses que j'aurais bâties, jour après jour, pour combler les abîmes de mes monstres si profondément cachés. Pour mieux me faire avaler la pilule qu'une catastrophe est imminente, elle détecte en moi une terreur inavouée, s'en délecte et me la fait vivre en une chair fictive.

Je cours toujours, mais de plus en plus vite, comme un dératé, et ma poitrine implose. Ma respiration se bloque, j'ai comme une bouche grande ouverte au fond de ma mémoire et je ressens une effroyable douleur.

Bon dieu, c'est une crise balaize, une crise cardiaque !

Je sais aussi que je ne m'effondre pas, qu'il y a juste le ciel au dessus de moi, juste ce ciel qui a changé de couleur, un court laps de temps. Tout ceci est dans ma tête, dans une tête que je n'ai même pas. Le ciel n'en est pas un non plus. Ce n'est que l'esprit qui crée les situations, les lieux, les sensations, à chaque seconde. Et même les secondes. Je sais tout cela.

Qu'il est facile d'être un esprit ! L'instant d'après la pire des horreurs, le plongeon vers la mort brutale, cette intensité du ciel devenu d'un bleu infini, tout change à nouveau. L'instant d'après, tout est neuf.

Il y a maintenant autour de moi des personnes par centaines. Des milliers. Des millions.

Nous sommes au sommet de la colline et nous regardons tous dans la même direction. Vers l'autre versant, vers le bas. C'est un panorama grandiose, une descente vertigineuse vers la plaine, à l'infini, à perte de vue, une étendue époustouflante d'herbes ocre et douces.

Et puis, à des centaines de kilomètres de là où nous nous trouvons, la terre se redresse et commence une autre colline que chacun de nous aimera de nouveau gravir.

Je vois cela comme si j'y étais déjà. Si loin, et si près. Je sais que l'esprit fabrique tout, je sais que l'esprit peut tout, et pourtant je m'étonne encore de mes pouvoirs d'omniprésence, de prescience. Autour de moi, chacune de ces autres âmes, empêtrées de leurs corps ridicules, choisis par habitude, mépris ou ironie, à moitié achevés, parfois transparents, eux-aussi ocre et doux, ces drôles d'entités improbables s'esclaffent de ces évidences que je profère par la pensée, par les mots. Et je ris à mon tour.

Tous, nous ouvrons grands nos bras, les mains tournées vers le ciel redevenu mordoré, et ces jambes, que chacun s'imagine avoir, à l'unisson s'animent. Nous marchons, nous courons. En un bel ensemble, nous descendons la colline. Nous plongeons dans les herbes folles, la végétation exubérante, effleurant de nos pieds éminemment légers des fleurs inventées et mirifiques...

J'éprouve un bonheur immense, le souffle à nouveau me manque mais je sais que c'est la conscience qui, à sa façon, cherche maintenant à m'expliquer comment on doit ressentir la joie, de quelle manière elle peut être intense.

Je n'ai pas assez d'yeux pour voir celles et ceux qui m'accompagnent mais je peux les voir pourtant. Et chacun d'entre eux me voit vraiment. Tel que je suis, immonde mécréant ou somptueux personnage, humble et orgueilleux, d'une pâle fadeur ou d'une brillance inexplicable. Tel que je suis. Comme je peux être, à chacun de mes états d'esprits, à chaque ascension des collines, à chacune de mes vies innombrables. Et tel que je suis en cette vie-ci.

Je sais que ce n'est pas un rêve mais je dois me réveiller quand même. Je ne dors pas mais je sais que j'aurais sur mon visage les apparences du sommeil quand l'heure sonnera. Bien entendu, j'aurais du mal à me lever après ce délice multiplié, partagé de si belle façon avec tant d'autres, sourires et rires dévalant une colline sur un monde doré. J'aurais tant de difficultés à quitter ces millions de lèvres aux commissures relevées, ces regards illuminés, cette bienveillante sérénité, cette naturelle douceur, ce bonheur indescriptible. Ce sera perdre la plus claire partie de moi, m'enfoncer l'âme à contrecœur dans la chair, revoir jaillir les piqûres, les rugosités de la Terre. Ce sera, jour après jour, ressentir paradoxalement le froid de la mort en cette chaleur de mon corps qui feindra la vie véritable. Ce sera une errance perpétuelle partout en ces lieux lourds où les humains se croient exister. Ce sera survivre à en pleurer.

Je sais que je m'endormirai quand je m'éveillerai. Mais je sais plus que tout qu'il faudra me souvenir.

Si au matin je me rappelai ce rêve, ce fut d'une manière tout à fait ordinaire. Cela arriva au petit déjeuner, quand je fus pris d'une longue quinte de toux après qu'un morceau de biscotte eut hésité à choisir sa route entre œsophage et trachée, la désagréable sensation d'étouffement de la nuit me revint alors subitement. Puis les images se succédèrent, déroulant un film incompréhensible. Je me souviens qu'après cela une lumière dorée imprégna longtemps mon esprit et rendit ma journée légère.

Ce n'est que bien des mois plus tard que les choses commencèrent vraiment à changer.

Souvent, une image, une musique, une remarque lors d'une discussion anodine, déclenchait en moi un processus d'introspection qui m'était bien peu habituel. Oubliant alors ce qui m'entourait, je me perdais dans les méandres de mon âme, dans des lueurs joyeuses.

De plus en plus fréquemment, je faisais de longues promenades en solitaire sur les collines autour de chez moi cherchant peut-être à ouvrir encore ces portes de mon inconscient.

Au travail également, durant les heures de conduite en tête de ces trains de marchandises que j'acheminais d'un bout à l'autre de la région, mon esprit semblait s'effilocher et je revoyais la lumière, les sourires, je ressentais l'essoufflement, un pincement au cœur à chacune de ces visions fugitives.

Mes jours de repos, je poursuivais la rénovation de ma maison. Ainsi, j'arpentais les magasins de bricolage. Mais, de plus en plus souvent, je m'arrêtais devant tel ou tel matériau, stoïque, la pensée nue, ne comprenant plus l'utilité d'un achat. Je laissais alors mon regard glisser sur les objets, les étiquettes aux prix devenant sans valeur, j'observais les autres clients d'une manière détachée, m'amusant à la perte de ce temps retrouvé. Ces jours là, je rentrais les mains vides.

Ma femme s'agaça bientôt de mes absences de plus en plus fréquentes, physiques ou psychologiques. Sans doute pensait-elle voir dans mes étranges comportements une lassitude pour notre relation, ou plus grave, soupçonnait-elle peut-être la présence entre nous d'une rivale ?

Je n'eus pourtant pas cette impression de la dédaigner, ne ressentis encore moins le besoin d'une aventure extraconjugale. Je ne vis en moi aucune mutilation de mon identité mais je pris peu à peu conscience d'une métamorphose. Je compris aussi qu'il me serait bientôt impossible d'éviter de vrais sacrifices. Le mal ainsi occasionné sans doute paraîtrait effroyable mais il fallait pourtant en passer par là. Une crise est une crise, une mue est chose naturelle, la valse de la vie et de la mort comme le creux et la crête d'une vague, inéluctable.

Qu'est-ce qui provoqua en moi l'effondrement ultime des digues ? Je n'ai aucun souvenir d'une cause unique, de l'élément déclencheur.

Un samedi, une fin de matinée de printemps, le soleil est intense, les insectes vrombissent de toutes leurs ailes dans la lumière, les oiseaux s'époumonent de branches en branches. Mes voisins, à coup de binettes, de bêches, de déversements d'arrosoirs sur leurs fiertés maraîchères, s'activent dans les jardins. Je suis là, tout comme eux, au beau milieu de mon maigre arpent de terre à arracher quelques mauvaises herbes des parterres de fleurs.

Et l'envie soudaine de m'allonger me prend.

Faisant fi des chaises-longues, je m'affale d'un coup sur la pelouse rase. Je vois à peine autour de moi la pirouette des plus proches maisons et leurs propriétaires qui tournent la tête dans ma direction, bouche grande ouverte. En une seconde, un grand souffle d'air bleu m'aspire jusqu'aux sentiers invisibles des stratus.

Je peux distinguer alors en mon esprit, aussi nettement qu'avec mes yeux, comme une immense bobine qui se dévide. Quelque chose en moi a tiré sur un fil. Et peu à peu, tout s'éclaire. Je saisis chaque geste, chacun de mes mots, pensés ou prononcés, chaque instant de mon existence, cris de joie ou de colère, larmes et rires, désirs, plaisirs, explosions de jouissance. J'effeuille les jours, les secondes, et je vois apparaitre derrière chaque attitude, chaque sensation, chaque pulsion, toujours la même horreur, la même ignominie nauséeuse, un manque au fond de ma chair qui, à peine née, semble déjà se décomposer, au creux de moi le trou noir avide du néant.

Après le fabuleux séjour dans la matrice où règnent absence de besoin et bonheur presque sans égal est venue la terrible extraction, le retrait du corps maternel qui a sonné la disparition d'une position idéale. Lors de ce rejet vers la vie autonome, c'est un cruel abandon ressenti et le merveilleux paradis en a été perdu ainsi à jamais. Et, malgré les compensations douces et apaisantes de l'amour d'une mère, cette perte de l'innocence, de l'inconscience du mal, impose depuis un effroi insupportable : le sentiment que tout bien-être peut prendre fin d'un moment à l'autre et qu'à la place s'installe invariablement la souffrance. Alors par de simples associations de reflexes de défense, d'anticipations à la douleur, de conditionnements, par des programmations psychiques de plus en plus profondes, la mémoire devient ces épissures de frayeur qui fondent la personnalité et qui, du même coup, glissent des masques d'imposteurs sur la conscience. Cette peur s'amplifie encore quand, plus tard, vient la révélation cruelle de la fin inéluctable.

Les séductions de l'adolescence, les lumières et les couleurs pimpantes de la publicité, les loisirs tapageurs, les constructions prétentieuses de nos cités, la dictature de l'argent et des apparences, de la jeunesse, je vois alors toutes les ficelles du monde, de la société humaine, se dénouer. Tout en nous est faussé, nos relations, nos créations, nos passions, toutes nos actions sont dictées par ces serpents enfouis qui sifflent en nous l'inextinguible terreur de la souffrance et de la mort, nos monstres intérieurs que nous cherchons sans cesse à étouffer de nos gestes vaniteux. Ainsi, ce serait un mensonge diabolique qui serait à la base de nos vies mesquines et égoïstes, gonflées d'orgueil, et que peu d'entre nous ne peut, ou ne veut, réellement percevoir à en croire la névrotique dégradation de notre civilisation.

L'émotion ressentie est éprouvante, grosse d'un orage que je ne peux retenir. Et les larmes dévalent sur mes joues en torrents minuscules.

Il va sans dire qu'après cela mes heures dans ce jardin ne purent se vivre sans mal. Dans ce jardin et aussi partout dans le reste de la maison.

Rénover cette bâtisse me sembla bientôt illogique. Continuer à vivre sous ce toit auprès d'une femme avec laquelle j'avais si peu de relation me parut être un nonsense. Ingurgiter les stupidités de la télé, des radios, feuilleter des journaux ou des magazines, me laisser entortiller encore et encore dans les grossiers filets de la société de consommation me devint insupportable.

Un matin, n'ayant que peu dormi, je pesai le pour et le contre et j'en vins à une conclusion évidente : il me fallait quitter ce monde.

Mais mettre fin à ses jours demande du courage ; quelle que soit la méthode utilisée, il faut affronter les pires angoisses refoulées depuis toujours, une grande douleur n'est pas à exclure, et il n'est pas sûr que ce soit la bonne solution pour que cessent les problèmes. Car après tout la vie après la mort existe peut-être et quelles pourraient bien être alors les conséquences d'un tel acte ?

Mon rêve étrange s'était depuis longtemps évanoui, écrasé sous d'autres souvenirs plus terre à terre mais quelques merveilleuses traces de lui subsistaient encore et venaient m'enseigner une absolue certitude : le monde ne se quittait jamais. Ce n'était pas la vie qu'il me fallait fuir mais ma manière de vivre.

À partir de ce jour, m'affranchir des conditionnements humains et regarder la réalité bien en face allait devenir mon but principal.

De vives discussions, de l'incompréhension, des déchirures, des cris, de la colère, des ruptures irréversibles s'en suivirent. Divorce, démission, ruine matérielle, jalonnèrent ensuite ma déchéance. Je perdis tout, femme, famille, copains, collègues, maison, travail, argent, confort, mon maigre petit statut social, jusqu'à ces regards d'inconnus jusqu'alors indifférents qui me semblaient dorénavant méprisants, la société occidentale hyper matérialiste baignée de fatuité ne tolérant pas le moindre écart, la sortie de ses critères hypocrites de bienséance.

Je m'égarai lentement sur des chemins fangeux, le corps comme seul véhicule. Je connus la faim, le froid, la vraie souffrance, l'authentique peur de mourir. J'éprouvai longtemps ce supplice intérieur des regrets. Je devins maigre et sale, fiévreux et hagard. Il est stupide de croire qu'un jour on touche le fond car, en vérité, le fond de la misère n'existe pas. On découvre toujours un sort pire que le sien, tout n'étant qu'une question de point de vue.

Puis, peu à peu, je m'adaptai à mon errance, à ma désespérance. M'apparurent alors de nombreuses solutions pour subvenir à mes besoins devenus extrêmement basiques. Cueillettes des fruits, petits boulots dans des fermes, je vivais au jour le jour, au rythme des saisons, de plus en plus souvent guidé par des signes immatériels, instinct animal, nouvelle intelligence intuitive, que sais-je ? Les années ainsi passèrent, durement obscures, âpres, pleines de solitude. Mais curieusement la peur enfin me quitta. Définitivement.

Aujourd'hui, je ne possède rien, je n'ai aucun lieu à moi, nul endroit où m'arrêter vraiment. Mais j'ai néanmoins mes petites préférences. Pour tout loisir, quand mes moyens de subsistance sont pour un temps garantis, je recherche toujours de belles collines herbeuses que j'adore gravir pour m'y asseoir tout en haut jusqu'au coucher du jour. Et là, l'âme offerte à la pureté du ciel doré, je regarde s'installer autour de moi ces milliers d'autres esprits apaisés, tout comme moi, juste à côté du monde, un instant au repos avant d'affronter la toute prochaine étape de ce rêve étrange et infini qu'est la vie.

Juin 2013

Table des matières

Cet ouvrage a été composé par Edilivre

175, boulevard Anatole France – 93200 Saint-Denis
Tél. : 01 41 62 14 40 – Fax : 01 41 62 14 50
Mail : client@edilivre.com

www.edilivre.com

Tous nos livres sont imprimés
dans les règles environnementales les plus strictes

ISBN papier : 978-2-332-61529-9
ISBN pdf : 978-2-332-61530-5
ISBN epub : 978-2-332-61528-2
Dépôt légal : novembre 2013

Imprimé en France, 2013

N° d'impression : 156079